관계를 정리하는 중입니다

관계를 정리하는 중입니다

이평 산문집

Lunar edition

잘 살아온 게 맞을까요

———

　지하철에서 노래를 듣다 무심코 전화번호부를 들어가 봤습니다. 500여명의 번호가 등록돼 있더군요. 세상을 살아오며 쌓아온 재산이고 인생을 잘 살아온 증거라고 믿어왔는데, 곰곰이 생각해보니 그건 좀 과장이었던 것 같습니다. 단지 내 마음의 공허를 덜어주는 장식용일 뿐. 정작 사람의 정을 찾고자 한다면 고요함을 느끼다 못해 괴리감부터 생겨났으니 말입니다. 모조리 삭제해도 아무렇지 않을 정도라면 잘 살아온 게 맞을까요? 카카오톡 대화창을 열어봅니다. 일주일 동안 연락하고 지낸 사람이 열 손가락 안에 꼽을 정도로 적습니다.

　그래서 요 몇 년 전부터 가지게 된 습관이 하나 있습니다.

해가 지날 때마다 번호를 바꿉니다. 변경된 번호가 사람들에게 전해지지 않도록 휴대폰 가게 사장님에게 당부 말씀을 드립니다. "문자 알림 서비스는 안 해주셔도 됩니다." 별 이상한 사람 다 보겠다는 듯 은근한 미소를 짓는 그 남성을 뒤로한 채, 속으로 이렇게 말합니다. '어차피 남을 사람은 다 남습니다.' 정말 남을 사람은 남더라고요. 대개 학창시절에 끈끈한 우정이 남아있는 친구들 위주로 말입니다.

학창시절, 그러니까 고등학교를 다닐 때 같은 반이었던 친구들은 대학교에 들어가거나 취업하고 나서도 만나게 됩니다. '나 빼고 비정상'이라고 저장해 놓은 단체 대화방이 하나 있는데, 그들과 술자리를 가질 때면 고3 시절처럼 아주 자연스러워집니다. 다른 나로 연기하지 않아도 관계가 유지되는 만남. 온전한 나 자신으로 대해도 불안함이 없는 자리 말입니다. 타인의 시선을 의식하지 않고서 살아갈 수 있는 사람들. 이들과는 오래도록 관계를 유지해야 합니다.

대학교에 진학하고 아르바이트나 사회에서 알게 된 사람들. 혹은 직장 동료들까지 그들에게서는 위와 같은 감정을 느끼기가 쉽지 않습니다. 아무리 가까워지려고 노력해도 느껴지는 벽이 있기 때문입니다. 애초부터 가면을 쓰고 만난 사이라 그런지 상호 간 친절함 속에 피어난 꽃에 지나지 않습니다. 그들을 대할 때는 보다 많은 에너지가 소모됩니다. 약점을 드러내지 않고 관계에서 우위를 점하는 방법. 만만하게 보이지 않는 법. 그 속에서 나다움을 찾고 공존하는 법.

아주 먹고 살기 힘들어 죽겠습니다. 일이나 공부만 하면 되지 관계까지 신경 써야 될 일인가요. 어느새 가까운 사람들 연락마저 귀찮아지고, 나 한 몸 건사하기 힘든 요즘이라 어쩔 수 없는 노릇이라고 되뇌고 있습니다.

문득 그런 걱정을 했습니다. 퇴사하거나 대학교 졸업하면 거의 안 볼 사람들에게 대응하는 방법만 찾다가, 먼 훗날 외톨이가 되면 어쩌지. 막역지기들에게 다소 의존적인데 이러한 삶도 건강한 걸까. 무례한 사람들에게 나는 이대로 잘 대처하고 있나. 해서 다짐했습니다. 어떤 관계든 흔들리지 않을 마음의 중심을 찾아야겠다. 연락해도 그만, 안 해도 그만인 허울만 근사한 관계는 동창회 때나 계속 만나고, 만남에 대한 일정한 행동 규범을 세워야겠다고 말입니다. 그러기 앞서 관계 정리부터 해봐야겠습니다.

정리: 흐트러지거나 혼란스러운 상태에 있는 것을 한데

모으거나 치워서 질서 있는 상태가 되게 함.

이는 현재의 나답게 살아가는 방법임을 믿습니다.

1.

좁혀지는 관계 속에서
나를 알아가는 것

누군가 이유 없이 너를 싫어하면 싫어할 이유를 하나 만들어줘라 · 우정은 영원하지 않을 것처럼 매번 흔들린다 · 아니다 싶은 관계는 내칠 줄도 알아야 한다 · 마음을 주는 일마저 이렇게 어려워서야 앞으로 잘하는 일을 무엇이라 설명해야 해 · 남들은 생각보다 나에게 관심 없다 · 인생을 자주적으로 사는 법 · 소중한 사람에겐 정말 소중히 대해줄 것 · 내가 이런 사람이니 이해해줘, 뭔 말 같지도 않은 소리 · 자연스럽게 멀어지는 관계를 계속 유지해야 할까 · 좋은 관계는 알다가도 모르겠는 것 · 최고의 복수는 보란 듯이 잘사는 것 · 관계를 이어가야 한다는 강박관념에서 벗어나기 · 나도 이제 누군가에게 떳떳한 사람이 되고 싶다 · 행복해지는 방법은 저마다 설명서가 다르다 · 일상 속, 여전히 내 행복을 챙겨주던 사람

2.

더 이상 당하지 않고
내 자리 찾기

최대한 단순하게 그러나 행복하게 · 내가 얼마나
만만해 보였으면 · 역지사지, 사람은 역으로 지
랄해줘야 자기가 무엇을 잘못한 지 안다 · 나쁜
놈은 끝까지 나쁜 놈 · 남을 잘 믿지 못하는 사람
의 특징 · 반드시 걸러야 할 인성 문제 있는 사
람 유형 · 내가 싫은 건 너도 강요하지 마라 · 착
하면 손해 보는 세상을 살고 있다 · 알고도 당해
야 했던 날, 모욕으로부터 무사해서 정말 다행이
야 · 이중적이고 이기적인 사람들로부터 의연해
지는 법 · 비밀은 나누지 않을수록 좋은 것 · 나
에 대해 잘 알지도 못하면서 · 지능 말고 공감적
지능 조언 말고 다정한 위로 · 타인에게 상처받
지 않고 살아가는 법 · 낙인 이론이 내게도 적용
되었을 때 · 인간관계에 너무 연연하지 말 것 ·
젊을 때는 사서라도 고생한다는 말처럼 개똥 같
은 철학 · 사람부터 믿지 말고 상황을 믿을 것 ·
불필요한 에너지 소모는 오히려 독이다 · 거절해
도 될 때는 거절해도 됩니다 · 서로 못 잡아먹어
서 으르렁 대는구나 · 머리 빠진다, 대충 살자 상
대적 박탈감 느끼지 말고 · 인생에 도움 되는 사
람보단 편안한 사람

3.

소소하지만 단단한 행복
혼자서도 행복해질 수 있다

더 아픈 사람이 덜 아픈 사람을 위로한다 · 하고 싶은 일 하면서 소중하게 살아요 · 열심히 살 필요 없다니, 그런 헛소리가 어디 있어요? · 노잼 인생, 월급 찍히는 것이 유일한 낙 · 자주 행복해야 좋은 인생 · 이게 어떻게 돈 낭비로 보여요? 행복 소비지 · 인생은 실전이다, 쉬운 일 하나 없다 · 당신이 무조건 달라질 수 있는 법 · 나를 위해서 시간을 쏟는 일은 인생 낭비가 아니다 · 행복해지는 세 가지 방법 · 자신감을 가질 것 자존감을 높일 것 자기다움을 지킬 것 · 괜찮아요 천천히 잘될 겁니다 · 느리게 가는 것에 불안을 느낀다면 · 되게 고생했으니까, 내가 진심으로 잘되었으면 좋겠다 · 삶의 목적은 '완벽'이 아닌 행복에 있는 것 · 나만 불행하다는 억울함에서 벗어날 것 · 보기 좋게 인생을 망쳐볼 것 · 비웃음으로부터 무력해지지 않는 법 · 이 고통 다 지나간다, 이 시련 결국 벗어난다 · 완벽하게 일하려고 나 혼자 고장 나지 말자 · 나는 나로서 의미 있는 사람 · 말을 예쁘게 하는 사람을 만나요 그런 사람이 되어요 · 내가 놓치면 안 될 사람 · 나부터 행복해지는 법

4.

새로운
사랑을 꿈꾼다면

당신이라면 예쁜 사랑을 새롭게 시작할 수 있다 · 열에 아홉이 괜찮은 사람이면 뭐해 · 사랑을 못 하는 게 걱정이라면, 이제는 괜찮을 것이다 · 마음부터 열려고 하지 말고 사람부터 만나고 보자 · 사랑하기 전 고려 사항 · 사랑은 그 사람이 되어보는 것 · 여자는 사소한 것에서부터 사랑받고 있음을 느낀다 · 자존감 낮은 연애 · 이별 후, 내가 되찾아야 할 것들 · 그런 사람 만나요 · 사랑, 마음과 표현의 관계 · 봄 때문에 하는 예쁜 상상

1.

좁혀지는 관계 속에서
나를 알아가는 것

누군가 이유 없이 너를 싫어하면
싫어할 이유를 하나 만들어줘라

이유 없이 나를 미워하는 사람들 때문에 그동안 많이 힘들었다. 그런데 돌이켜보면 참 시간 허비하고 있었단 생각부터 든다. 결국 그들에게 나를 미워할 정당한 이유를 만들어주면 되는 일을 말이다. 나를 싫어하는 사람에게 잘 보일 필요 없더라. 어차피 그런 노력 속에서 싫어할 이유를 찾는 사람들이니까 말이다. 싫어하는 사람에게 싫어할 이유를 찾아 주는 것. 이처럼 단순한 원리지만 실천으로는 옮기기엔 다소 무리가 있다. 성격이 못되지 않거나 나보다 별난 사람이거나 등등. 다양한 이유에서 말이다. 끝끝내 어설픈 흉내만 내고 말 바에는 이렇게 행동하는 건 어떨까. 성급하게 행동하지 말고 우선 생각부터 정리하자.

'무례한 사람들을 현명하게 청소하는 법.' 나는 왜 이 사람들을 지금 미워하고 있는가. 그들과 똑같은 행동을 취

했을 때 내가 얻을 수 있는 것은 무엇인가. 반대로 나에게 끼칠 피해는 얼마나 되는가. 생각을 가지런히 정돈해보면 비로소 이성적인 생각을 할 수 있다. 치미는 분노에 머릿속이 미로 같을 때일수록 본질로 돌아가야 한다. 먹구름이 잔뜩 낀 하늘. 감성을 자극하는 붉은 노을. 결국 하늘은 다 똑같은 하늘이니까.

이성적인 생각 덕분에 사건의 본질이 앞서게 되었다면, 더이상 전전긍긍할 이유는 없다. 애초부터 그들에게 논리정연한 이유 같은 건 없었으니 말이다. 그저 유치찬란한 어린아이의 장난에 지나지 않을 뿐이다. 장단 맞추다 보면 한도 끝도 없어서 당신만 피곤할 것이다.

그리고 남을 까 내리기 바쁜 사람의 특징. 정신이 온전치 못하거나 내면이 굶주린 경우가 많다. 그래서 공복이 심해질 때면 주위를 어슬렁거리다가 타인으로부터 배를 채우고 보는 것이다. 가장 쉽게 포만감을 느낄 수 있고, 남의 것이라 잃을 걱정 역시 하지 않아도 되기 때문이다. 결국 나와 다른 세계 속 사람들. 개의치 말고 당신의 방식대로 그들을 상대하면 된다.

그럼에도 불구하고 특정 관계에 대해서는 정공법으로 대응할 필요도 있더라. 가만히 당해주니까 그래도 되는 줄

'가만히'로 대하는 것들. 이유 없이 싫어하는 티를 팍팍 내는 것들에 한해서 말이다. 그 사람이 뭐라고 다 이해해 주어야 하는가? 문득 특이점이 왔을 때 망설이지 말고 유유상종으로 굴자. 눈에는 눈, 이에는 이. 엿 같은 일 하도 많이 당했으니 너도 당해봐라. 미친 또라이가 되어 앙갚음 해줘라. 싫어할 이유만 찾아줄 게 아니라 생각지도 못한 것에서 구구절절 이유를 달아주는 것이다. Day by day 숟가락 살인마에 빙의하듯 말이다.

우정은 영원하지 않을 것처럼
매번 흔들린다

우정은 영원하지 않을 것처럼 매번 흔들린다. 조금 더 확실한 게 있다면 그것은 돈. 지금은 친구도 내 곁에 마냥 있어 주지 않을 것처럼 군다. 아무튼 인간관계만큼 변화무쌍한 건 없다. 더구나 내 마음이 전쟁터 같은데 무기력에 시달리는 중이라면, 당분간 모든 관계를 멈추는 것이 이로울지 모르겠다. 우선 마음의 평정을 찾는 일이 급선무 아닌가. 괜찮은 척 연기를 하기엔 표정이 굳어 있다. 내 삶 하나 건사 못하는 것만으로 이미 짜증이 나 있다. 그런 상황에서 누군가에게 나긋나긋한 사람이 되는 것은 물론 평상시 관계를 유지하는 일마저 이젠 불가능하다. 그럴 때에는 모든 걸 내려놓고 잠시 쉬어 가야 한다.

갈수록 잘나가는 친구들. 아직 제자리인 나. 자격지심 때문에 홀로 사라지지는 마라. 혼자 있겠다고 해도 영영 혼자가 되는 건 아니니까. 만나는 게 여전히 부담스러우면 조금만 기다려 달라고 솔직한 심정을 털어놓는 건 어떨까. 지금은 내가 너희들을 만나기에 준비가 안 돼 있다. 그러니 여유를 갖추고 그때 찐하게 술 한잔하자 이렇게 말이다. 진정한 우정이라면 당신을 충분히 이해하고도 남을 것이다. 이는 분명한 사실이다. 그리고 진정한 친구이기 전에 꿈이라는 공통점으로 이어진 동반자의 입장에서 어떤 외로움인지 공감할 수 있을 것이다.

오죽 힘들었으면 그랬을까. 마음을 어루만져주고 싶다. 하지만 여러모로 당신은 괜찮다 말하고도 싶다. 지금의 어려움을 전화위복으로 삼는다면 말이다. 오히려 누군가의 힘을 빌려 당면한 문제를 모면하는 것보다, 멋지게 솟아날 콩처럼 어둡고 습한 땅에서부터 제2의 인생을 펼쳐보는 것도 나쁘지 않을 것이다. 고독은 때로 나를 성장하게 한다. 전열을 가다듬고 세상으로 향해 전진해 나갈 때 당신은 그 누구 못지않은 단단한 사람이 되어 있을 것이다.

꿈은 지금보다 더 크게. 답답한 현실로부터 더 멀리. 너는 앞으로만 위로만, 천사의 사고를 견지한 채 예쁘게 날아가거라. 네가 원하는 모습은 저 하늘 위, 어디에든 있으니까. 계속 가 보면 그곳은 꿈을 펼치기에 아주 좋은 무대임을 단박에 알아차릴 것이다. 지금 이렇게 노력하는 모습이 전혀 헛되지 않았음을 깨닫게 될 것이다. 그러니 아무도 이래라저래라 할 수 없게끔, 두 날개로 지금보다 더 높이 비상해 버려라. 넌 정말 보석 같은 사람이니까. 행운마저 운행 내내 꼭 붙어있을 거라 굳게 믿고 있다.

아니다 싶은 관계는
내칠 줄도 알아야 한다

아니다 싶으면 매몰차게 관계를 잘라내는 사람들. 그러한 성향인 사람이 때로는 부럽다. 아니다 싶으면 상황부터 모면하고 보는 나와는 다른 사람들. 먼저 떳떳하게 자신을 아낄 줄 아는 사람들이 부럽다.

당신과 나. 그리고 연결된 사람들의 판이한 입장표명. 이후 정치질이 난무하는 숨 막히는 암투극. 그런 행위 자체가 무의미하다고 여기는 편이다. 감정 소모하지 않고 원만하게 지낼 수 있지 않나. 굳이 편을 가르고 시시비비를 가릴 필요 있을까. 둥글게 살아가자. 상처를 주면 그것은 반드시 돌아오게 마련이라고. 언젠가 되로 받을 걸 말로 갚아야 할 수 있다는 인생 철학이 이리도 지키기 힘든 말이었나. 내가 아닌 다른 사람으로부터 원치 않는 사람으로 묘사되고 있을 때 그 심정이란.

집에 들어서면 하소연할 것도 없이 마냥 울음부터 터트려야지. 굳은 마음으로 거울을 쳐다봤는데 이런 내가 한심스러워 보였는지, 전날 밤 연신 술을 들이부은 몰골을 보자 웃음이 터져 나왔다. 그래 사는 게 별거냐. 내 사람 내 관계 다 챙기면 뭐 해. 돌아오는 건 공허뿐인데. 형식만 번지르르한 삶을 살아서 무슨 의미가 있지? 차후에 벌어질 일 따위 생각하지 않는 것. 에라- 모르겠다는 심정으로 보기 좋게 관계를 망가뜨리기도 하면서 살아봐야지. 진짜 내 인생을 위해서.

물론 관계에 정답은 없다. 이 사람의 방침이 맞을 수도, 때에 따라서 오늘의 방침이 통한 걸 수도 있다. 정답이 없다는 것은 완벽하지 않다는 것. 다시 말해 온전하지 않으니 때에 따라서 다각적으로 변모할 수 있는 사람이면 된다는 뜻이다. 불분명한 세상에서 이러한 사고까지 도달했다면 완전에 수렴하는 중이라 긍정할 수 있지 않을까. 어제보다 성숙한 어른이 될 수 있다는 뜻이다. 그런 의미에서 당신처럼 내성적이며 싸움에 무른 경우 부족한 부분을 채워주고자 한다.

마음가짐 첫 번째, 스스로를 직설적으로 변호할 줄 알아야 한다. 그래야만 진정으로 자신을 사랑할 수 있게 된다.

그러기 위해서 마음가짐 두 번째, 현실적인 사람이 될 줄 알아야 한다. 의사전달을 명확하게 표현하고 선을 그을 수 있는 사람이 되어라. "나는 내성적이고 다정에 친숙한 사람이야." 라면 기질적인 한계로 치부하지 않고 말이다. 발현되지 않은 면모를 가능성을 풀어헤쳐 가는 과정이 필요하다.

세 번째 실천할 당신이다. 재지 말고 이런저런 시도를 통해서 나의 깃으로 만들어갈 차례나. 넘어지고 잘못된 선택이라 후회하는 순간도 있겠지만, 점에서 그칠 것이 아니라 완연한 선으로 이어가는 것이다. 어떤 선택이든 결국 정답은 없겠지만 그러한 과정 속에서 적어도 부러워하지 않을 수 있다. 이를테면 아니다 싶으면 매몰차게 관계를 잘라내는 사람들이 부럽다는 것에 대해서.

그리고 당신은 생각보다 괜찮은 사람이기에, 누군가에게는 믿음직한 사람일 수 있다. 비록 누군가에겐 미움의 대상이겠지만 누군가에게는 이유 없이 사랑스러운 사람이다. 당신의 둥글둥글함이 누군가에겐 원만한 인상을 줄 수 있을 것이고 어떤 누군가에겐 우유부단함으로 보일 수 있다. 일련의 행위가 자기객관화를 간과한 본질 부정이라면 위의 문장을 되새기는 것도 좋겠다. 모든 사람에게 인정받을 수 있다는 생각을 내려놓자. 모든 사람에게 좋은 사람이 될 필요 없다. 하지만 모두에게 좋은 사람은 될 수 없어도 당신 자신과 누군가에게 끊임없이 사랑받고 있다.

마음을 주는 일마저
이렇게 어려워서야
앞으로 잘하는 일을
무엇이라 설명해야 해

마음을 100만큼 주었어도 10밖에 기억 못 하는 게 받은 사람과 준 사람의 별수 없는 입장 차이 같다. 이게 평상시엔 아무렇지 않거든. 애초에 보답을 기대한 일도 아닌 데다, 내 한 몸 건사하기 바쁜 세상. 구태여 신경 쓸 여력조차 없으니 말이다. 그런데 왜 그럴 때 있지 않은가. 마음이 굉장히 외로움을 탈 시기에 누군가 내 말을 좀 들어주었으면 하는 바람이 주위를 돌아보게 만든다. 그런데 이게 웬걸? 정성 들여 사랑했던 사람들은 이미 자리를 비운 지 오래다. 공감 지능이 지극히 떨어지는 사람들을 공연히 마주해야 할 때. 그럴 때 감정이 심하게 북받쳐오는 것 같다.

마음 병치레가 지속되다 보니 공정하게 마음을 나누는 일이 정말로 쉽지 않네.
마음을 주는 일마저 이렇게 어려워서야, 앞으로 잘하는

일을 대체 무엇이라 설명해야 해.

이번 기회에 말해주고 싶다. 너를 아껴줄 사람은 너밖에 없다. 갈 사람은 가고 올 사람은 다시 오니까. 사람 문제로 부디 감정 낭비 말자. 그냥 나 좋다는 사람 만나면서 말이다. 그냥 나 좋다는 사람 챙기자. 주기만 하는 사랑과 관심은 이제 그만하고 사랑도 충분히 받으면서 나답게 살아가는 것이다. 그러한 행태에 있어 좀 이기적이라도 괜찮다 말하고 싶다. 개인의 안위 내 입장만을 우선시 여겨도 괜찮다. 혼신의 힘을 다해서 이 각박한 세상을 헤쳐온 당신이기에 진짜 나답게 살아도 괜찮다.

부질없는 인간관계에 더 이상 힘 빼지 말기를. 다시 한번 새기면서 "남을 사람이라면 내 곁에 남아있을 것이다." 이러한 마음가짐은 주체적인 삶으로 어떠한 흔들림에도 의연할 마음의 중심을 잡아줄 것이다.

그럼에도 불구하고 타인을 사랑하게 되는 순간도 오는 듯하다. 사랑의 우주적 성질에 의해서 헌신하고 싶은 마음이 드는 건 어쩔 수 없는 일이다. 그러한 순간에 대비라도 하듯 어떤 말을 건네게 된다. 타인을 사랑하게 되기 전에 자기 자신을 사랑하고 있어야 한다. 내 어두운 구석 모퉁이 외로움까지 모두 아우르면서 말이다. 이를테면 인지하지 못했던 상처. 그래서 이특정 상황에서 그토록 예민하게 굴 수밖에 없었구나, 라며 내가 나를 알아야 한다. 어느 시점에서 민감성이 도지는지, 세상으로 외출하기 전에 선크림을 두텁게 바를 줄 알아야 한다.

진정으로 스스로를 사랑하는 당신이 되었으면 한다. 불완전하지만 그래서 살아있는 나 자신을.

남들은 생각보다
나에게 관심 없다

사람에게 끊임없이 실망만 하다 보면, 그 사람에게 무얼 바라기보다는 미리 짐작하는 습관부터 갖게 된다. 이를테면 걔는 원래 그런 사람이야. 걔가 또 그런 짓을 저질렀다더라. 정도.

더 이상 힘든 생각을 하지 않게 된다. 더 이상 내게 아무것도 아닌 존재가 되어가는 것이다. 아무리 소중했던 사람이었다 할지라도 우주의 먼지보다 못한 사람이 된다면 이 또한 자연스러운 현상이라 볼 수 있을까. 그래서 이 세상에서 가치관이 맞는 사람을 찾기란, 나다워지는 것만큼 어려운 거라고 나는 생각한다. 생각하는 방향이 얼추 비슷하고 언어의 농도-깊이가 같은 사람을 만나기라. 막역한 지기라든가 한 배에서 나온 혈육조차 그런 일은 없을 것이다.

그렇게 이 세상 가장 무심한 사람으로 살아보려는 찰나. 아는 사람으로부터 메시지를 받았다. 신세 한탄을 마구 늘어놓는 내용이었다. 검은 머리 짐승은 구제를 말랬다는 속담 어디 하나 틀린 것 없다면서 말이다. 배신감이 이만저만이 아니라고 하더라. 무슨 사정인지 알 수 없지만 여러 감정을 배제한 채 그런 말을 건넸던 것 같다. 너의 심정에 동감하는 바다. 우리가 살면서 당하는 괴로움이 어디 이것 하나뿐일까. 혼자 끙끙 앓으며 모든 걸 감내하려고 하지 말자. 아무리 생각해도 답이 없는 고민에 대해서는 더 이상 알려고 하지 말자. 그저 흘러가는 생각의 흐름에 내 생각을 맡기는 것. 직면한 문제에 대해서만 판단의 촉을 세우도록 하자. 그렇게 필요할 때만 알려고 노력하면 된다. 그 사람에 대해 30리 이상 앞질러 생각하지 않는 것. 타인의 언행을 무던히 넘기고 신경 쓰지 않는 것. 어쩌면 세상을 살아가는 데 있어 가장 도움이 되는 방법일지 모르겠다.

이러한 마음가짐을 뒷받침하고자 종종 쓰는 혼잣말 내지 화법을 제시한다. "그랬구나. 알 게 뭐람." 최대한 영혼 없이 말하는 것이 포인트다. 그 사람의 말과 행동에서 감춰진 의도를 찾지 않는다. 열 사람이 있다면 열 개의 세계가 있다 여기면서 되도록 세계관 충돌을 피한다. 다음은

"어쩌라고. 그건 내 사정이고-." 최대한 싸가지 없이 굴어야 한다. 남 일에 간섭하지도 그렇다고 충고하지도 않는 태도를 견지한다. 저주를 퍼붓는 행위조차 스스로를 지옥으로 내모는 거란 사실을 알면서 말이다. 스스로의 정신 행복을 최고의 가치로 여기는 것이다.

남들은 생각보다 내게 관심 없다. 나도 관심 없다. 눈치 그만 보고 나를 진정 사랑하자.

인생을 자주적으로 사는 법

 개인주의. 그러니까 자주적인 '내 마음'이 기준이 되어 주변 관계를 구축했어야 했는데, 그렇지 못해 그동안 참 쓸데없이 피곤했다. "1학년 때 씨씨를 하게 되면 동기들과 두루 친해지기 어렵다." 뭐 그런 소리나 들어가며 한때 좋아했던 사람에게 고백하지 못한 게 후회된다. 정작 조언을 해준 선배는 지금 어디서 뭘 하고 지내는지. 함께 고학년이 된 동기들은 다들 무슨 생각을 하고 지내는지. 돌이켜 보면 나는 왜 그런 부분에서조차 자주적으로 살 수 없었나. 이런 소리나 하는 한심한 자신만이 우두커니 서 있지 않은가. 사람 관계에 있어 좀 멋대로 살아 봐야 한다. 형식을 갖추지 않은 채 살아도 괜찮다. 3년 개근상을 받았어도 대학교에서는 밥 먹듯이 지각을 했던 애가 뭘 새삼스레. 거 좀 표현하고 싶은 대로 해도 된다. 눈치 안 보고 살아도 문제없는 세상이다. 이름 없는 구성원 이름 없는 사회에서 살아가기보다, 이름 있는 주변인으로 지내는 것이 훨씬 의미 있다.

1. 우선 내가 먼저 행복할 것

누구를 만나든 중요한 것은 내 행복이다. 연애를 선택해서 친구들과 친하게 못 지냈다면 그건 선택에 대한 대가일 뿐이다. 특별한 사람을 만나 행복해졌으니 여지가 없었던 것이라 생각하자. 그리고 어떤 평가를 받든 내가 원하는 사람으로 살아가라. 마음 편히 행동하라는 뜻이다. 뭐가 되었든 내가 행복했으면 그것이 곧 정답이니까.

2. 한 토끼라도 제대로 잡을 것

사람들의 충고대로 연애를 선택해서 친구 관계가 소원해질 수 있다. 그러나 미래는 아무도 모르는 것처럼, 우연한 계기로 친구들과 친해질 수 있는 것이다. 두 마리 토끼는 잡을 수 없지만 한 마리라도 제대로 잡으면 기회는 온다. 연애를 오래 하다 보면 어느 시점에 주변을 챙기는 때는 반드시 온다. 서로가 이를 용인하는 순간까지 말이다.

3. 미래는 아무도 모르는 것

사실 사랑이든 우정이든 끝이 있고 영원하지 않다. 1번처럼 그냥 내가 좋아하는 만큼 행동하는 것이 맞다. 딱 후회하지 않을 만큼의 범위 안에서 말이다. 2번처럼 앞날을 내다볼 수 없으니 순간의 행복을 곧 선물이라 여길 수밖에 없다. 불행에 대해서는 막을 수 없는 일이라 안타까워하면서 말이다.

그러니 부디 당황하지 말기를. 자연스럽게 물 흘러가듯 살아가기를 청한다면 변화에 의연하게 대처할 수 있다. 다음과 같은 마음가짐을 새기면서, 자주적인 삶을 견지하기를 바란다.

소중한 사람에겐
정말 소중히 대해줄 것

　그 선배와 더 이상 가까이 못 지내겠더라. 술버릇이 무척 안 좋은 지인이 한 명 있다. 술잔을 기울이는 횟수보다 다른 테이블과 시비 끝에 핀 담배 개비가 더 많으니 말 다 했지. 하루는 내게 부탁을 하더라. "내가 술을 자제 못 하는 거 같으면 네가 좀 말려줘. 경찰 되는 것이 꿈인데 이러다 진짜 큰일 나겠다." 본인이 그렇게 간절하면 아예 술을 끊으면 되지 않을까? 많고 많은 사람 중 굳이 내게 이런 부탁을 하는 이유는 또 뭐야. 답답한 나머지 그 사람에게 진심 어린 충고를 건넸다. 돌아온 것은 헤드록. 그리고 자신은 원래 그런 사람이니 어쩔 수 없다는 말. 잔뜩 화를 내더니 심한 말과 함께 뒤를 돌아섰다. 벙찐 표정을 뒤로 한 채 집으로 가는 길은 냉담했고 분노로 가득 찬 마음은 새로이 이성을 찾았다.

어떤 관계든 세상에 당연한 관계는 없다고 생각한다. '우리가 이만큼 알고 지냈으니까, 이렇게 편히 대해도 상관없겠지?' 그건 무슨 말도 안 되는 생각일까. 정작 본인이 같은 상황에 처하면 불같이 화를 낼 거면서. 모든 관계는 불완전하지만 유지될 수 있다. 아래 두 가지만 잘 지켜준다면 말이다.

첫째, 타인 간에는 일정 거리가 존재한다는 것을 잊지 않을 것. 둘째, 가까운 사이라도 경각심을 가지고 행동할 것. 이를 명심하고 살아가길 바란다. 그래야만 '완전'을 향해 끊임없이 선이라도 그을 수 있는 것이다. 오래 알고 지냈다고 해서 전부 오래된 관계라 부를 수 있는 건 아니다.

그런 의미에서 "우리가 이만큼 가까워졌으니 함부로 대해도 되겠지?" 따위 생각은 어디서 흘러나온 걸까. 그 어떤 이유로도 감정 폭력은 정당화될 수 없다. 좋은 사람이었기에 당신을 그만큼 믿은 사람이었기에 몇 번의 무례함을 이해해준 것뿐이다. 소중한 사람을 감정 쓰레기통처럼 대하지 마라. 에이 그럴 수도 있지 하며, 하나둘 쓰레기말을 통안에 집어넣다 보면, 어느 순간 의미 없는 관계가 된다. 소중한 사람에게는 정말 소중하게 대해 주어야 한다. 이렇게 대해도 무방한 사람이라 여기며 고충을 마음대로 털어놓아서는 안 된다. 소중한 사람과는 소중한 이야기만 좋은 사람과는 좋은 말만 공유하며 서로에게 선한 영향력이 되어야 한다. 무엇보다 나의 호의를 권리로 여기는 사람 말고, 그러한 호의를 소중히 여기는 사람을 만나야 한다.

내가 이런 사람이니 이해해줘, 뭔 말 같지도 않은 소리

어떠한 장난에도 잘 웃어넘기던 친구가 욕지거리와 함께 돌연 관계를 끊자고 선언했을 때, 오늘 무슨 기분 안 좋은 일이라도 있어서 그런 걸까? 다시 연락을 해볼까? 나 때문은 아니겠지? 부디 그런 생각 말기를. 이번만큼은 제발, 그 친구의 의사에 존중하는 태도를 취해주었으면 좋겠다. 어느 날 갑자기 화를 주체 못 해서 실수를 저지른 것도 아니니까. 이번 결정을 하는데 그간 오랜 시간을 참고 견뎌온 것일 테니 말이다. 사실 무슨 변명을 하든 상관없이 그의 결정은 변함없을 것이다.

"내가 이런 사람이니 속 넓은 네가 이해해줘라." 이 말은 마치 그렇게 들리지 않는가. '앞으로 미안해할 일이 많을 것 같으니 아무쪼록 잘 부탁해.' 본디 관계란 쌍방향적이다. 받은 게 있으면 주는 것이 있는 게 맞다. 관계를 맺는 일이란, 특별하지 않은 사람들끼리 만나 마음을 주고받는 일이니까. 단 예외는 있다. 감히 다 갚을 수 없는 것들. 은혜와 조력으로 비롯된 마음들. 묵은 빚은 발걸음으로 갚는다고 했나. 그런 경우, 된 사람이라면 정으로 온 진심을 다하더라. 이런 관계에 관해서 그럼에도 불구하고 감사함을 느낀다.

하지만 밑도 끝도 없이 대접받으려고 하는 사람들. 조그마한 도움에도 생색부터 내는 사람들. 틀렸다. 틀려도 아주 단단히 틀린 것 같다. 관계에 대해 다시금 교육받는 게 좋을 것 같다. 하지만 그런 사람은 잘 변하지 않는다고 한다. 그런 인간성이라면 오래 관계를 지속하기 글렀다. 부디 그런 사람이 당신의 곁을 살아간다면 하루빨리 관계를 정리하길. 다정하지만 때론 냉정하게 작별 인사하길 바란다. 우리가 이만큼 가까워졌으니 이 정도 선까지는 괜찮겠지? 그런 생각을 하는 사람과 마찬가지로 익숙한 사이를 방종하게 대하는 사람들이니까. 깊어질수록 상처받는다. 상처받아도 돌아설 수 없는 사이가 돼 버리면, 인생은 정말 지옥과도 같을 테니까. 돌아갈 수 없는 강을 건너기 전에 관계의 중심에는 언제나 나 자신이 서 있어야 한다. 나 자신은 나 스스로가 보호하고 책임지며 대변할 줄 알아야 한다.

사람 고쳐 쓰는 거 아니다. 변화를 기대했다면 안 좋은 쪽으로 변하는 본인만 볼 수 있을 거다. 상황수습에만 재바른 사람에게 뭘 기대하지 마라. 다음번에도 같은 실수로 나를 돌아버리게 할 사람이다. 애초부터 내 말은 '아웃 오브 안중'이었고, 타협 자체가 불가한 사람이다.

자연스럽게 멀어지는 관계를
계속 유지해야 할까

우리, 앞으로 다 행복한 결과만 맺자. 앞으로 더 행복한 결과 속에 서로 웃자. 그런데 삶이라는 것이 누군가 더 행복해진다고 해서 예전처럼 모두가 행복해질 수 없게 되는 경우도 더러 있더라. 친구들 하나둘 취업하고 언제부터 밥 한끼, 술자리 한번 하는 게 이렇게 어려운 일이 되었는가. 하마터면 나는 친구들에게 답장마저 제대로 못 해줄 뻔했지 않나.

사람 만나기를 꺼려하는 내게 유일한 모임이 하나 있다. 고등학생 시절 불합리한 학칙에 저항하다 친해진 아이들과 매년 하는 술자리이다. 모두가 취준생인 시절에는 누가 더 단순한 사람인가 대결이라도 펼치는 듯 별거 아닌 일로도 웃음을 내지르며 놀았었다. 그런데 요 몇 년 사이 그 모임마저 꺼려지더라. 전문대를 졸업한 친구 두 명이 대기업에 취업하고 토크 주제가 심하게 뒤틀린 이후로 더 그런 것 같다.

이번에 성과금 제하고 얼마를 벌었다. 우리 회사 복지는 어디까지 해주더라. 야, 너도 글쓰기는 부업으로 하고 우리 회사 지원하는 게 어때. 뼈 있는 장난에 억지로 웃으며 술잔만 치켜 들을 수밖에 없었던 게 기억난다. 길고 길었던 술자리가 끝났다. 부모님 집으로 돌아와 잠을 청하려는데 예선부터 기우던 선인장 사월이가 생각나 베란다로 나가 보았더니 온데간데없더라. 분갈이가 된 멀끔한 선인장만이 내게 어색한 인사를 건네었다.

사람이 가장 비참함을 느낄 때가 언제인지 아는가? 믿었던 사람으로부터 배신당했을 때가 아니다. 생활비를 비축하려고 아이패드를 팔아야 하나 고민일 때도 아니다. 그럼 학생 신분인 네가 무슨 계산이냐며 친구 놈들이 술값을 대신 내줄 때? 음, 비슷한데 우선 아니라고 해두겠다. 그렇다면 가장 비참해질 때는 언제일까. 말동무 사월이를 잃은 기분에 울고 싶은데, 모두가 깊이 잠든 밤. 소리를 내면 민폐일까 끝까지 울음을 참아야 할 때일 거다. 시작을 함께한 친구들이 여전히 내 곁을 지키고 있는 것 같지만, 이제는 아무도 남지 않은 기분일 때도 말이다.

누군가 사람은 적응의 동물이라 했던가. 앞으로 그들에게 어떤 태도를 취해야 할지 고민은 여전했지만, 이제는 조금 익숙해져 무표정으로 버틸 수 있을 것도 같다. 하지만 그렇게 반복된 삶을 살다 보면, 언젠가 그들과 비슷한 위치에서 조우하거나, 영영 다른 길을 걷고 말겠지. 아무렴 삶이 원래 그런 거지. 어제는 사월이가 보고 싶어 펑펑 울었더니 눈물샘이 다 말라 버렸다.

좋은 관계는
알다가도 모르겠는 것

　타인에게 갖는 예의 중에 하나는 그 사람에 대해 모른 다는 생각을 하는 것이다. 뭘 알고 있어도 "대충 알고 있는 건 모르는 것에 가깝다." 여기며, 한없이 겸손한 초심자의 자세가 필요하다. 다 안다는 듯 무례와 무지가 빚은 생각을 바탕으로 '입으로 방귀를 싸면' 안 된다는 말이다. 함께 한 세월의 '깊은 정'이나 익히 들어 '확실히 안다는 것'과 별개로 말이다. 그 사람을 알아가는 과정 자체를 하나의 미지 세계라고 인정부터 할 줄 알아야 한다. 어제 인사했다고 해서 오늘 인사할 필요 없는 건 아니지 않은가. 마찬가지다.

　그 사람을 알아가는 것. 대화를 나눌 때조차 조심해야 한다. 표정의 변화를 참고하며 단어 선택에 공을 들여야 한다. 첫 번째, 이 표현이 듣는 사람에게 어떻게 와 닿을까?

두 번째, 제아무리 뼈가 되는 의견도 상대에 따라서 살이 될 수 있다. 그러니 이런 표현은 완곡적으로 쓰는 게 좋지 않나? 세 번째, 막역한 사이라도 장난을 담을 수 있는 그릇을 가진 사람인가? 네 번째, 장난도 지나치면 모두에게 실례될 수 있다. 이외에도 조심은 다다익선이다. 5년을 알든 10년을 알든 한 번 어긋나면 '함께한 정'은 무용지물이기 때문에 말이다.

가령 그런 경우도 있다. "찐친끼리 그런 장난 정도야 우스갯소리로 수용 가능하던데?", "네가 친구를 잘못 사귀어서 그렇다." 같은 말로 다양한 유형의 사람을 인지하지 않는 자세 말이다. 성향의 차이와 서로 간 합의된 내용에 따라 찐친의 모습도 다를 수 있다. 그런데 틀린 것으로 단정 짓는 태도는 첨예하고 단지 흑백사진을 보는 듯한 느낌을 준다. 다르면 "그럴 수 있겠다." 묵묵히 넘어가면 될 것을 말이다. 굳이 "아니다." 코멘트를 다는 사람들 때문에, 타인이라는 미지의 세계는 끊임없이 왜곡되고 폐쇄적으로 굳게 닫힌다.

관계에 있어 초심자의 자세로 돌아가기 위해선 서툴지만 열의 가득한 자세가 중요할 것이다.

최고의 복수는
보란 듯이 잘 사는 것

그런 고민을 들은 적 있다. 나를 못살게 굴던 사람이 나보다 잘 사는 모습을 보게 되었을 때, 속상함과 미움을 동시에 느낀 적 있다고 말이다. 결국 자신마저 미워져 하루는 술로 밤을 지새웠다면서. 한참을 토로한 후 신세가 가여웠는지 "이런 내가 비정상이야?" 물어보기까지 하더라. 마치 예전 내 모습을 본 것 같아서 한참을 고민했다. 결국은 솔직하게 털어놓기로 했다.

"고등학교 1학년 때 몇몇 애들로부터 따돌림을 당한 적 있어. 그들 무리 안에서 왕따 처지라서 다행히 반 아이 모두가 알고 있는 건 아니었지만 말이야. 불쾌함과 긴장감을 달고 살기는 매한가지였어. 따돌림의 형태는 자리를 비웠을 때 문제집이 한 권씩 사라지는 것으로 나타나곤 했는데 말이야. 발견된 곳은 매번 구석지고 기분 나쁜 장소들이었던 것 같아. 이를테면 교실 창문 밖 나무 위 같은 곳. 하루는 비가 온종일 내려 글자들이 번져 있더라. 나뭇잎으로 덕지 덕지 붙은 책의 꼬락서니는 말이 아니었지. 누구의 소행인 지 대충 짐작하고 있었지만 소란을 벌이긴 싫어서 한동안 그렇게 당하고 있었어.

그래. 너희들보다 좋은 학교 가는 것만이 복수하는 거 다. 그런 생각을 갖고 억척 하나로 밤새워 공부한 결과. 성 인이 된 나는 여느 대학생처럼 강의보다 술을 좋아하고 취 업과 연애를 동시에 안고 살아가는 사람이 되었어. 그런데 목표한 바를 막상 이루고 나니 공허해. 무엇보다 별거 없더 라. 고등학교 다닐 때는 높은 석차와 교우관계를 원만하게 유지하는 것만이 최고라 여겼거든. 그런데 사회에 나와 보 니 나처럼 대학교 다니는 부류가 있고, 아예 다른 길을 걷 는 부류도 있잖아. 그 애들이 바로 그런 부류였던 거지. 막 상 비교 선상에서 사라지고 나 먹고살기 바쁘다 보니 뭘 하 든 신경 안 쓰게 된 거야.

물론 이제는 경제력으로 비교해야 할 순서라고 생각했 지만, 더는 그렇게 살지 않았어. 열등감과 우월감 사이에 서 아무 흥미 없는 레이스를 펼치다 보니 남는 게 없다는 걸 깨달았기 때문에 말이야. 그럴 바에 현재 삶에 만족하며 자유로운 인생을 선택하는 게 현명하더라. 강요하는 건 아니지만, 너도 앞으로의 생을 소신 있게 바라보길 바라. '내가 이상한가?' 그런 맘도 품지 않길 바란다. 어떻게 보면 이것도 질투라고 할 수 있는데, 감정이라는 게 유치함과 성숙함이 따로 있나. 똑같은 사람 마음인걸. 자연스러운 거라고 생각하자. 오히려 당당하게 인정하고 현실 그대로 직시할 때 더 나은 상황을 직면하게 될 거야."

관계를 이어가야 한다는
강박관념에서 벗어나기

일에 미치든 공부에 미치든, 어딘가에 미쳐 있으면 주변 관계를 잘 못 챙기는 것 같다. 이제 정말 외로운 처지에 놓일 거란 여러 징후들은 알지 못한 채, 혼자라서 편하다 떵떵거리며 웃는 슬픈 어른이 되어가는 중일지도 모르겠다. 지금도 어리지만 지금보다 더 어렸을 때는 관계를 지키려 내 시간을 모조리 써버렸지 않나. 그러나 높이 쌓인 탑일수록 무너지는 건 한순간이라 했던가. 그 노력을 모아 어떤 용도로 썼다면 지금보다 더 나은 사람이 될지 모르는 일인데 말이다.

그러니까, 삶이 부끄럽다는 거다. 누군가의 심기를 건드리는 일만큼 두려운 일이 없다. 만남 자체에서 행복을 느낀다는 사람들이 이해가 안 돼. 나에게 만남이라는 정의는 그저 뭇사람들로부터 본심을 들키지 않는 것. 나아가 그 사람이 떠나가지 않도록 붙잡고 있는 것뿐이니 말이다. 그렇다면 나라는 존재를 무엇으로 정의 내려야 할까. 누군가를 만난다고 하기보다 만남을 지속하는 부류? 주체적인 마음을 가지지 못한 채 평생을 그렇게 주변인 신세를 면하지 못할 거다.

이래선 안 되겠다 싶었다. 껍데기로 그만 살고 싶었다. 결과가 어떻게 되었든 내 진심을 드러내 보고 싶었다고 할까. 하지만 말처럼 쉽게 잘 안 되더라. 짜인 각본처럼 행동하는 것이 습관처럼 배인지라 사람들 앞에서는 그저 하하호호. 베테랑 익살꾼으로 살다 보면 본래의 모습이 무엇인지 헷갈리는 법이다. 빈 깡통 속엔 그렇게 자조적인 웃음만 가득 찼다. 그날도 소리만 요란했을 거다. 외부일정을 마치고 집에 돌아와 글이나 쓰려고 하는데 한 통의 메시지를 받았다.

"안녕하세요. 작가님. 메시지를 확인하실지 모르겠지만 하고 싶은 말이 있어 적어 보냅니다. 가끔 작가님이 담아주시는 여러 글들을 보고 사색에 잠길 때가 많아요. 무엇보다 제가 소중한 존재인 것을 깨닫게 해주는 글들과 소중한 사람을 생각나게 하는 글들. 그 외에도 수많은 아름다운 글들이 있죠. 그냥 제가 전하고 싶은 말은, 항상 아름다운 글을 우리에게 전해주셔서 너무 고마워요. 작가님이 옮긴 몇몇 글들로 인해 낮았던 자존감과 인류애가 더욱 올랐어요. '정말 멋진 사람들이 나와 함께 있구나.'라는 생각을 자주 하게 되었어요. 앞으로도 제게 더 많은 행복을 전해주시길 바랍니다. 고맙습니다!"

삶과 죽음의 경계가 희미해지는 삶에 쫓겨 사는 요즘이라 울림이 어찌나 크게 다가오던지. 그럼에도 남아 주는 사람들이 아직 내 주변에는 있다. 이제 정말 외로운 처지에 놓일 거라는 징후들을 무시한 채 꽃을 주고 가는 사람들 덕분에 말이다. 민낯을 공개하지 않고도 이대로 나만의 꽃을 피울 수 있으니까.

만남을 지속하려고 더 이상 애쓰지 않을 것이다. 모두와 잘 지낼 수도 없을뿐더러, 그러한 삶은 매우 실속 없으니까. 이제는 조금 더 어른스러워지려 한다. 정말 당신을 사랑할 사람들을 찾길 바란다. 시간을 헛되이 묵혀 두지 않도록 매일 자신을 철저히 아껴 주길 바란다.

진짜 '으른'의 만남이란
가는 사람 붙잡지 않고 오는 사람 막지 않는 것.
반드시 걸러야 할 사람의 유형이 보이는 것.

대부분의 사람은 아군도 적군도 아님을 아는 것.

관계에서의 실망은 계절처럼 찾아오는 거라 여기며,

순간의 감정에 오래된 관계를 망치지 않는 것.

정도를 지키며 행복에 가까운 삶을 살아가는 것.

나도 이제 누군가에게
떳떳한 사람이 되고 싶다

　지금 이 행복한 감정을 오래도록 두고 싶다. 행복은 매번 어디서 오는 것이길래 시작점을 알 수 없는 걸까. 지금 이 행복한 감정을 주는 이들에게서 오나. 나도 이제는 누군가를 진심으로 대하고 싶어진다. 그들이 좋은 점부터 보여주니 나도 이제 그만 그들에게만큼은 좋은 사람이 되고 싶어졌다고 할까.

　하지만 천성이 밝지 못한 탓에 본심을 자꾸 숨긴다. 좋은 인상부터 보여주지만 끝끝내 누군가와 합리적인 거리부터 찾게 된다. 아직은 그래야만 맘이 놓이거든. 만남을 이어간다고 하기보다 지속하는 것에 가까운 인생을 살았다. 증상은 심해져 친한 친구에게도 가려서 말을 해야 한다는 강박에 시달리곤 한다. 오늘도 나는 누군가에게 열 마디도 못 뱉는 방관자의 삶을 살아간다. 계속해서 가면을 벗고 있는데 아무것도 남지 않은 걸 보면 말이다. 마음의 대부분은 공허가 자리 잡고 있다는 주장에 일리가 있는 것 같다.

요즘 너무 행복하니까. 노력하는 나 자신이 못 미더워진 것이다. 지금 이 행복도 결국 끝이 있겠거니 불행에 대비라도 하려는 듯 짐부터 싸게 되는 것이다. 도피자의 삶. 아, 벌써 표정은 제법 심각해지고 있다. 이럴 때면 어딘가로 훌쩍 떠나고 싶은 기분이 든다. 불빛으로 웅성이는 해운대도 괜찮을까 싶다. 걱정 없이 호흡할 수 있는 일상 밖이면 사실 어디라도 좋다.

하지만 어디든 똑같지. 내가 변화해야만 달라질 것들이니 말이다. 내가 변화해야만 마음이 중심을 갖고 오롯이 행복해질 수 있는 것이다. 변화할 수 있을까? 기적은 일어나기 마련이다. 그러니 변화하고 싶다는 마음으로 하나둘 습관처럼 조금씩 행하다 보면, 나의 마음 그리고 행동과 모습으로 변화가 일어날 것이다. 진이 다 빠지는 극한의 상황에도 부디 희망을 잃지 않기를.

누군가에게 떳떳한 사람이 되려고 노력 중인 나에게. 그렇다고 해서 무리하며 애쓰지 말고. 삶의 의미를 찾아가되 어색한 사람이 되지 말고. 남에게 너무 좋은 사람 말고 나에게 선량한 사람이 될 것. 인생의 우선순위를 나에게 두고 필요 이상의 관계에 힘쓰지 말자. 현재의 삶에 충실히 나를 사랑하자. 떳떳해져야 한다는 강박관념 때문에 아프지 말 것. 너무 힘이 들면 돌아와도 된다. 떳떳하지 않아도 이토록 소중한 자신.

행복해지는 방법은
저마다 설명서가 다르다

다혈질이다. 속에서 부글부글 끓어오르는 화가 제법 되는 사람이다. 이런 나를 보고 걱정 어린 충고를 건넨다. 조금은 성격을 고칠 필요가 있다면서 말이다. 그렇게 하다가 모두 너를 떠나고 말 거라고 한다. 구태여 답을 하기 싫었지만, 방명록 정도 남길 수 있다면 이렇게 적고 나올 것이다.

'분명 내 성질이 괴팍한 건 맞는 말이다. 하지만 외롭지 않으려고 누군가와 더불어 살아갔을 때 얻는 것. 이를 진정 행복이라 부를 수 있을까? 함께해서 행복하다 말하는 사람들은 일정 부분 고개를 끄덕일 수 있겠다. 반면 나처럼 구애받는 것을 극렬히 싫어하는 사람은 혼자 있을 때 비로소 행복해진다며 반기를 들지 모르는 일인데 말이다.'

행복해지는 방법은 저마다 설명서가 달라서 섣불리 가이드라인을 제시해서는 안 된다고 생각한다. 더군다나 읽는 방법 또한 제각각이기에 달리 설명이 필요 없다. 행복에 대해 가르치려고 드는 순간 누군가에게는 더 이상 행복이 아니게 되는 것이다. 그렇기 때문에 개개인을 존중하는 자세와 행복해지는 법은 늘 공존해야만 한다. 사람을 대할 때 어떠한 충고보다 맘으로 와닿는 건 위로. 위로보다 더 중요한 것은 관여하지 않는 배려의 마음이다.

일상 속,
여전히 내 행복을
챙겨주던 사람

우리 스스로 소중한 사람이 돼야 한다. 하지만 그보다 더 중요한 일이 있다면, 자신을 소중한 사람으로 대해줄 누군가를 만나는 것이다. 세상은 우리 생각보다 훨씬 넓고 대단하다. 한없이 누군가를 깎아내리려는 사람도 만날 수 있을 것이고, 서로 피해 안 주며 최대한 둥글게 살아보려 노력 중인 사람도 만날 수 있을 것이다.

나이를 먹는다는 게 그래서 참 신기하다. 고작 대학교에 들어가거나 취업을 하기만 해도 만나보지 못 했던 다양한 사람들과의 교류가 이뤄지니 말이다. 이러한 일련의 상황들에 대해 의견을 표출하면 친구들은 그런 말을 한다. '넌 아무 생각 하지 말고 강물처럼 그저 자연스럽게 흘러가라.' 하지만 그런 삶이 왠지 조금 걱정된다. 그러다 내 소싯적 친구들과 영영 낯설어지면 어떡해. 설령 그 연결고리가 현재는 많이 녹슬었고 뭔가 많이 안 맞아도 말이다.

　그때나 지금이나 변함없이 소중한 사람들. 글의 첫 부분에 소중한 사람으로 대해줄 누군가를 만나는 게 중요하다고 했다. 그렇다면 그다음은 글의 마무리처럼 오래도록 헤어지지 않고 잘 지내는 것이 아닐까. 일상 속 여전히 내 행복을 챙겨주는 사람들과 오래도록 잘 지내고 싶은 바람이다.

2.

더 이상 당하지 않고
내 자리 찾기

최대한 단순하게
그러나 행복하게

우리가 지금 이 지경에 놓이게 된 건, 단 한 순간의 실수 때문이 아니라고. 대놓고 말은 하지 않았어도 나는 너에게 분명 이렇게 말하고 싶었다. 조용히 마음의 문을 닫고 관계를 정리하는 사람과 고슴도치처럼 좋고 싫음을 다 드러내는 사람은 이러한 점에서 결코 친하게 지낼 수 없는 것이다. "너는 지금도 이해를 못 하고 있겠지. 그래서 우리가 멀어진 거야." 이 한마디로 사실을 정리해주고 싶었지만 구태여 말하지 않았다. 애초부터 너는 내 사람이 아니었으니 그런 설명조차 불필요한 것이니까. 그래. 너에게 무슨 잘못이 있겠어. 너의 잘못이라곤 맞지도 않은 사람과 여태 가까운 사람인 척했다는 것. 그런 과정에서 소중한 말들을 주고받았다는 것뿐이지.

지극히 개인주의적인 삶이 오히려 인간관계를 돈독히 해주고 우린 시절에 맞게 살아갈 뿐이다. 스스로에게 아낌없이 사랑을 붓고, 혼자만의 시간을 누리며 잃어버린 시간을 되찾아오려면 어떻게 해야 하는지 아는가. 미니멀 라이프. 불필요한 약속이나 감정은 최대한 줄이고, 나에게 꼭 필요한 사람과 일들로 삶을 채워가자. 최대한 단순하게 그러나 행복하게. 그러니 나 좋다는 사람들만 챙기자. 쓸데없는 곳에서 감정소비 말고. 그럴 여유조차 아쉬운 인생이다.

☾　　내가 얼마나 만만해 보였으면

　노동요로는 반복적이면서 머리가 띵- 해지는 노래들
이 제격이다. 술을 진탕 마시고 일어나서 머리가 띵할 때면
500원짜리 캔 음료 '갈아 마신 배'가 딱이다. 무식하게 마
셔대고 도로 게워낼 때, 자잘하지만 삶에 필요한 지혜들을
많이 배웠던 것 같다. 부모님이나 동네 친구들에게서조차
배울 수 없는 것들이 있지 않은가. 이를테면 회식이나 공식
술자리에서 2~3차쯤 왔으면 술을 몰래 버려도 아무도 눈
치 못 챈다는 것. 구석 자리면 더 좋다. 심지어 여러 번 잔을
부딪친 후에도 잘 모른다.

　그런데 이후 골치 아픈 문제가 하나 생긴다. 다음 날 아
침까지 달린 사람들과 국밥을 먹고 나면 원치 않은 이미지
가 박혀 있다. 이를테면 쟤는 5병 이상을 비워도 거뜬한 사

람이다 이런 것들. 술자리가 있을 때마다 사람을 자꾸 귀찮게 불러낸다. 적당히 마시고 싶어도 "잘 마시면서 너 왜 자꾸 빼?" 오늘 뭐 기분 안 좋은 일 있냐며 압박 섞인 걱정을 해주더라. "아뇨 별일 없어요." 무슨 일이 있든 없든, 아무튼 분위기 흐리는 놈이라 낙인이 찍힐 것 같아 영 불안하다. 가령 이런 느낌일 것이다. 10번 못하다 1번 잘하면 재평가를 받고 10번 잘하다 1번 잘못하면 다시 봤다는, 얹어걸리는 듯한 평가 심리.

처음부터 너무 과한 컨셉을 잡았나 싶다. 눈치 있게 행동하려고 했는데 오히려 사람들은 눈치 없게 대한다. '그때 내가 조금 다른 선택을 했더라면….' 요즘엔 그런 생각을 많이 한다. 내가 조금 더 눈치 없는 선택을 했더라면, 나는 지금 되게 편히 살고 있을 텐데. 그러니까 사람을 대할 때는 말이다. 조금은 강단 있게 행동하는 것이 좋을 듯하다. 싸가지 없어 보일지라도 두고두고 후회할 일은 없을 거니까. 내 모습 그대로 당당해져야 한다. 스스로를 지켜야 한다는 사명감을 갖고 살아야 한다. 사회생활 잘하는 법, 그런 거 신경 쓰지 않고 다르게 살 필요 있다. 우리는 우리에게 조금 더 관대해질 필요가 있다.

눈치를 잘 보는 것은 필수 처세술이지만, 반대로 나를

서서히 말려 죽이는 일이기도 하다. 삶이 사라지면 타인으로부터 정의 내려온 일련의 가치는 아무짝에 쓸모없어진다. 무엇을 위해 우리는 그렇게 아등바등 살아가는가. 대한민국은 눈치 과잉 사회. 물론 그것이 우리의 탓은 아니지만 마음건강을 지키지 못한 것에 도의적 책임은 있다. 행복을 지키지 못한 자 침해하려는 자 모두 유죄라는 뜻이다. 그러나 자신에게 잘하기 위해서라도, 무례한 자들과 똑같은 사람이 되지 않기 위해서라도 비굴해지지 말자. 스스로의 가치를 평가절하하지 말자. 아첨하지 말자.

그나저나 그동안 내가 얼마나 만만해 보였으면!

역지사지,
사람은 역으로 지랄해줘야
자기가 무엇을 잘못한지 안다

역지사지. 원래의 처지와 바꾸어 생각한다는 의미로 배려심을 상기시키기 위해 쓰이는 단어다. 서로 간에 이해를 돕기 위해서 입장을 바꿔 생각해보자는 배려의 제스처라고도 할 수 있다. 결국 당신이나 나나 같은 생각을 하고 있다는 것. 표현 양식만 다르게 번역되고 있을 뿐 본질적으로는 큰 차이가 없다는 뜻이다.

하지만 요즘 같은 때 그러한 탕평이 올바르게 성취되고 있는 건지 의문이다. 이를테면 언쟁에서 자신이 받은 상처만을 화두로 내세우는 사람들. "내 생각은 왜 안 하냐.", "왜 자꾸 너의 입장만 내세우냐." 등. 자신의 잘못은 전혀 인정하지 않으려는 태도 때문에 말이다. 입 닥치고 네 입장만 고쳐먹으면 싸우지 않을 거라며, 본인의 문제는 안일하게 여기는 것을 예로 들 수 있겠다. 서로가 서로를 이해하지 못해 여전히 미운 세상. 기존 역지사지는 지나치게 이상적이기만 해서 도리어 논점만 흐리는 용도로 쓰인다. 그런 의미에서 제안 보다는 직설적인 의사전달이 필요하다. 체험을 유도하는 게 아니라 강제로라도 겪게 해주어야 한다.

역지사지의 새로운 접근. 역으로 지랄해줘서 자기가 뭘 잘못했는지 알게 해줘라. 타인에게 피해를 주고도 일말의 반성조차 없는 사람들에게는 친절한 쌍것이 되어준다는 마음가짐으로 말이다. 기왕이면 구체적인 방법을 추천한다. 첫 번째 할 일. 이러이러한 이유로 상당히 괴로우니 멈출 것 정중히 요청해라. 유유상종으로 굴더라도 경고의 메시지 정도 보내면 좋다. 훗날 관계의 우위에 서는 데 유리하게 작용할 것이다. 두 번째 할 일. 그럼에도 갱생의 여지가 없다면 행동 개시. 분노의 감정이 유발된 요인 그대로 돌려주며 동일한 분노를 느끼게 한다. 저항의 과정마저 무응답으로 단절시키며 철저히 골탕먹이는 것이다.

나타나는 반응은 두 가지다. "몰랐는데 당해보니 이거 정말 곤욕이구나. 다신 그러지 말아야지." 반성 끝에 새사람이 된다. 혹은 "에잇 더러워서 물러난다. 함께 해서 더러웠고 다신 만나지 말자." 여전히 반성 없이 옛사람으로 남는다. 그러나 이 사람 건들면 큰일 난다는 생각에 상대 한정 조심스러워진다. 어쨌거나 효과는 있는 것이다.

일각에선 이러한 행동을 보고 거칠다 한다. 반은 맞고 반은 틀린 말이 아닐까 싶다. 가만히 있으면 가만히로 보는데 어느 누가 태연히 역지사지 할 수 있을까. 감정의 골이 깊을수록 그것이 곪지 않도록, 울분을 토하거나 원(怨)의 대상에게 용서를 받는 과정이 필요하다. 사람은 쉽게 변하지 않는다고 하니, 용서가 아닌 해소로라도 말이다.

나쁜 놈은
끝까지 나쁜 놈

별의별 사람을 겪으면서 맘속에 새긴 말들이 있다. 첫째, 사람은 절대 변하지 않는다는 것. 둘째, 나쁜 놈은 끝까지 나쁜 놈이라는 것. 셋째, 받은 만큼 돌려주는 건 유치한 게 아니라 당연하다는 것. 마지막으로 이 한 몸 편해지기 위해선 일정 부분 이기적인 면을 보여줘야 한다는 진리.

실로 사람은 무서운 존재다. 대놓고 면전에서 나를 원망하는 사람보다 겉으론 단 말을 내뱉으며 제법 걱정하는 척하지만 이것은 단지 기만이었을 뿐, 속에선 무시무시한 웃음을 내뿜는 사람이 참으로 무섭다는 생각이 들었다. 오늘 정말 어이없는 일을 겪었다. 내 성격이 어떻다는 둥, 뒤에서는 그렇게 나를 까대더니 "근데 애는 착해." 하면서 대화 끝에는 좋은 말로 포장하고 다니더라. 그럴 거면 애초부터 욕이나 하지 말지.

타인을 희생양 삼아 자신이 마치 관대한 사람인 것처럼 허세로 치장한 사람들. 앞으로 그런 얼간이들은 상대하지 않으려고 한다. 동조하는 이들까지 모두 말이다. 똥이 무서워서 피하나. 더러워서 피하지. 얼마나 자랑할 게 없었으면 남을 깎아내리면서 밑바닥 인생을 자처할까. 마음에 담아둘 필요 없다. 더구나 우리들 생각이 저마다 다른 우주를 품었듯, 그 사람의 세계관엔 원래부터 죄책감이 존재하지 않았거나 선과 악의 역할이 뒤바뀐 주관자가 살아가고 있을지 모르는 일이니까 말이다.

하지만 그렇게 한참을 정신승리 해본들 고통스러운 건 매한가지였다. 제아무리 귀를 막고 소음을 지양하더라도 이를 제멋대로 발산하는 사람의 못된 음모까지 해결해줄 수 없는 법이니 말이다. 겨우 쌓아온 소신이 흔들리기 시작하며, 내 사람 중 그 누가 이 소문을 듣고 아파할 수도 있다는 생각에 슬슬 통증이 온다. 안 그래도 집을 나설 때 문이 제대로 잠겼는지 두세 번 확인하다 지각하곤 하는데, 오늘 하루는 증세가 심해질 것 같아 기분이 썩 좋지가 않다.

남을 잘 믿지 못하는
사람의 특징

첫째, 누군가 열렬히 사랑해 봤다

사랑해 봤기 때문에 그만큼 사랑에 시니컬한 것이다. 조그마한 것에 감동하는 마음을 가졌으니 더더욱 탄탄한 외벽을 쌓아 두는 것. 애정 가득한 눈으로 살아가기에 퍽퍽한 인생이다.

둘째, 열렬히 사랑해 본 만큼 크게 덴 기억이 있다

한번 사랑하면 그 사람에게 솔직하고 아낌없고 끝까지 믿는다. 진심을 보여 줬다가 비웃음 당하거나 이용당하거나 상처 받은 기억 있는 사람들. 트라우마처럼 오래도록 남아 있다.

셋째, 감성보다는 이성의 판단으로 사람을 대할 때가 많다

대가 없는 친절은 없다고 여긴다. 이유 없이 나에게 친

절을 베풀면 숨겨야만 하는 이유도 있을 거라 보는 것이다. 의심의 잣대를 대다 보면 대부분 걸러진다. 악의적인 접근과 더불어 선한 마음까지 모두.

넷째, 눈치가 빠르거나 타인을 향한 시선이 무관심하다

먹고 살기 바빠서 솔직히 타인이 나를 어떻게 생각하든 관심 없다. 순수한 시절이라면 몰라도 말이다. 잠시라도 함께 할 수 있어 감사할 뿐이다. 먹고 사는 일이 해결되면 한 번 생각해 볼 일. 다시 말해 불가능.

다섯째, 영혼 없이 말한다. 깨달음 없이 듣는다. 생각의 변환 없이 쭉 이어진다.

넷째와 비슷하게 먹고 살기 바빠 남의 이야기까지 귀 기울여야 할 이유를 느끼지 못한다. 겉으로 보기엔 언뜻 친절해 보일 수 있으나 어떤 변화도 수용할 마음이 없다. 큰 불화 없이 거리를 두고 싶어 할 뿐.

반드시 걸러야 할
인성 문제 있는 사람 유형

1. 앞뒤가 다른 사람

  남에게 당신 험담을 즐겨하고 좋지 못한 평의 온상이다.

2. 분노 조절 못 하는 사람

  의도하지 않았든 소중한 사람을 반드시 아프게 한다.

3. 목적 있을 때만 찾는 사람

  이용가치가 사라지면 미련 없이 떠날 것이다.

4. 생각 빻은 사람

  정상인 가면 속에 당신을 향한 음흉한 표정을 짓고 있다.

5. 믿음을 강요하는 사람

  다양성을 인정하지 않고 오직 개인의 가치관을 관철

  하려 한다.

6. 자신의 잘못을 인정하지 않는 사람

합리적인 사고가 불가능하고 오직 본인 기분만 중요
하다.

7. 남 잘되는 꼴 못 보는 사람

기쁨을 함께 누릴 줄 모르고, 슬픔도 겉으로만 위로할
줄 안다.

8. 자존감 파괴범

가스라이팅을 통해 정신적으로 황폐화하고 위에서
군림하려고 한다.

내가 싫은 건
너도 강요하지 마라

본인도 싫어할 수 있는 일은 다른 사람에게도 하지 말아야 한다. 그럼에도 입이 간지럽고 정말 뭔가 해주고 싶다면 명심해두자. 그 사람이 이 일을 해주기를 바라는 대로 단지 그대로만 해줘라. 필시 곤욕스럽고 상당히 버거울 일일 것이다. 선행을 베푼다고 코칭 해준다고 어쭙잖게 부담을 줄 바에 가만있는 게 낫다는 뜻이다. 묵묵히 시선으로 응답하며 관용을 베푸는 자세. 사람을 대하면서 하나뿐인 중요한 태도가 있다면 바로 이것이 아닐까.

자신의 처지에 빗대어 타인의 상황을 이해하는 것은 인간의 본성과도 같다. 사람 사는 게 거기서 거기라, '앎'에 대한 가용성이 그 어떤 때보다 높다 볼 수 있다. 하지만 지식을 배려로 풀이할 수 있는 가용성은 눈 씻고 찾아볼 수 있는 현실이다. 더불어 살아가는 일에 대해 관심을 가진 당신이라면, 위 문장의 의미를 알아차릴 수 있을 것이다. 그런 사람끼리라면 다음과 같은 생각들을 공유할 수 있다.

일정 거리를 두고 서로에게 피해를 주지 않도록 노력해야 한다. 사람 사는 거 비슷하다 하지만, 한편으로 세상사 한 치 앞 모르는 거 아닌가. 같은 길을 걷다가도 선택의 기로에서 다른 로드맵을 그릴지 모르는 일이다. 설령 거기서 거기라 할지라도 저렇게 살면 안 될 걸 뻔히 보여도 말이다. 인생의 주체로서 존중하는 태도가 우선적으로 필요하다. 실패하더라도 책임을 짊어지는 그 순간까지 도움을 필요로 하지 않는다면 묵묵히 응원해야 한다. 괜한 오지랖은 오히려 불쾌도만 높일 수 있다.

또한 내 기준에서도 싫은 일은 남에게도 강요해서는 안 된다. 이 일을 시키면 분명 괴로울 거란 판단이 서든 안 서든, 나의 모든 행동이 그 사람에게 영향이 될 수 있다는 사실을 명심해야 한다. "나는 누가 도와주고 이끌어주는 거 좋은데? 너도 그렇지 않을까?" 바퀴벌레도 안 살 논리로 합리화시키지 말고, 아닌 건 아니라 생각해야 한다. 이해가 어려울 땐 그냥 외우는 방법도 나쁘지 않을 수 있다.

삶이란 사사로우면서 자유로운 것. 삶을 살아가는 사람

은 그저 개인의 소신과 가치관을 담아내면 된다. 가능한 한 단순하고 명쾌하게 말이다. 혹시나 다른 누군가의 조언을 듣게 된다면 그것을 본보기 삼거나 사례로 삼아 자신만의 길을 걸어가면 된다. 그것이 바로 삶이다. 삶을 살아가는 모든 이는 삶 앞에서 동등하면서 자유로워야 한다.

착하면 손해 보는
세상을 살고 있다

　비양심적으로 살면 오히려 편히 살 수 있다. 자기 원하는 대로 사는 사람들이 오히려 승승장구한다. 때문에 내가 아무리 페어플레이를 한다거나 사람들 간에 배려를 우선적으로 생각한들, 그렇게 생각하지 않는 사람들이 있어 피해는 감수해야 하는 것이다. 어느 정도 교류가 있는 사람의 경우 조기 퇴치가 가능하다. 하지만 초면인 경우. 심지어 손님 대 직원으로 만나는 등 갑을 관계를 연상시키는 만남은 불가항력이다. 누군가는 어쩔 수 없이 당할 수밖에 없는 관계. 고객은 왕이니까. 당신보다 높은 사람이니까.

　왕이면 왕답게 윗사람이면 윗사람답게 행동해야 하는 거 아닌가. 감정노동 하는 대신 돈을 벌고 있으니 그것으로 괜찮다니. 언제부터 갑질 당하는 것이 감정노동이 돼 버린 거지. 납득할 수 없다.

그러한 상황에서 자꾸만 참고 넘어가는 것이 마음의 모든 병을 키우고 있다. 자신을 조금만 더 돌봐 줬더라면 경미하게 지나갔을 아픔들인데, 계속 억누르고 있으니 상처가 아물기는커녕 진물만 나고 곪는 것이다. 그런데도 참으라고 한다. 너무 아파서 비명횡사할 지경인데 순종하기로 한 건지 '이 나이에, 이 형편에' 이렇게 여러 사정을 붙여가며 스스로 입막음을 한다. 그 과정까지 오기가 얼마나 고되었을까. 사는 게 너무 힘들어요. 주변 사람들은 말한다. 너만 힘든 게 아니야. 다 그래. 다 힘들어. 그런 것 말고 다정한 말 한마디가 상처를 진정시키는 데 큰 도움이 되었을 텐데 말이다. 건강하게 화를 낼 수 있는 사람이 되려면 건강하게 화를 낼 줄 아는 사람들이 모인 사회가 되어야 한다. 때로는 이성적인 조언보다 감성을 토닥거리는 위로가 살아가는 데 도움이 될 수 있다.

모든 사람의 가치관과 성향을 바꾸는 일은 산을 통째로 옮기는 것처럼 어려운 일이니 큰 기대를 바라지 않는다만, 나를 바꾸는 것은 나무 한 그루를 심는 일처럼 생각보다 간단하다. 참으면 병 되니까. 조금만 참고 조기에 배출하거나 화를 다스리는 방법을 몇 가지 알아 두는 것도 나쁘지 않을 것 같다. 방법이라고 하면 걷기, 숙면 취하기 등 다양한 방법이 있겠지만 구태여 설명하지 않는 게 좋겠다. 이 또한 강요 혹은 그래야만 한다는 강박감이 될 수 있다는 염려에 말이다. 다만 이처럼 소중한 당신이 마냥 참는 삶을 살지 않았으면 좋겠다. 인내하고 견디는 삶도 괜찮다. 참지 않고 분출하는 삶도 괜찮다. 어떤 삶이든 행복을 소원한다. 다만 비정상적으로 버티지만 말아라.

알고도 당해야 했던 날,
모욕으로부터 무사해서
정말 다행이야

대학생 때 술집에서 아르바이트를 처음으로 시작했다. 동네 호프 집이라 그런지 아버지뻘로 추정되는 손님이 많았던 것으로 기억한다. 가끔 그들은 알바생에게 담배 심부름을 시켰다. 그때가 14년도였으니까. 팁만 좀 얹어주면 이 정도쯤 서비스 아니겠나, 아직 그런 인식이 남아있었다. 물론 지역이나 가게에 따라서 다를 수 있겠지만 말이다.

아무튼 나는 이 담배 심부름이 싫었다. 시급의 몇 배를 받을 수 있는 기회였지만, 모욕감이 들었기 때문이다. 왜일까. 우선 말투부터 예사롭지 않았다. "여어- 거기 던힐 3갑만 사 와 봐. 남은 돈은 네 담뱃값 해." 이를 거절하면 사장한테도 밉보일 것 같고. 이런저런 생각에 마음이 불편했다. 이 공간에서 제일 을은 아르바이트생인 것이고 그중에서도 바닥은 막내인 나. 위치를 새삼 느끼고 나니 우울함이 밀려왔다.

그럼에도 불구하고 미소 짓는 일은 멈추지 않았다. 하던 일은 잠시 제쳐 두고 사거리에 있는 편의점에 총알 같이 다녀왔다. 손님은 내게 칭찬을 해주었다. 요즘 보기 드물게 일 잘하는 젊은이라면서 말이다. 팁으로 받은 돈을 면상을 향해 내던져도 아무렇지 않을 언사였지만, "감사합니다." 인사 후 벨소리가 가리키는 테이블로 움직이기 바빴다. 웃기는 사실은 나중엔 팁으로 받은 몇만 원을 자랑하고 다녔다는 것이다. 마치 영웅담처럼.

지금 생각해보면 나는 돈의 노예, 그 이상 이하도 아니었다. 하지만 그때의 입장에서 무엇 하나 제대로 갖춘 것 없는 내가, 챙겨야 할 것이 생존 말고 또 무엇이 있을까. 무례한 사람들로부터 자존감을 온전히 지키기엔 여전히 가난했다. 다만 의지는 끝끝내 부여잡고 있었던 것 같다. 무조건 버텨내자. 장담하건대, 반드시 성공할 거니까. 그러니 조금만 참자. 나의 삶을 위하여 무엇을 우선적으로 집중할지 마음 굳혔다.

이후로 지금 이 순간을 일종의 성장기로 생각했던 것 같다. 틈 사이로 빛이 조금씩 보이는 것 같았고, 자조적인 삶에서 희망찬 삶으로 바뀌었다. 잠자는 시간을 쪼개어 공부한 결과 전액 장학금을 탈 수 있었다. 그리고 지금의 내가 되었다. 에이브러햄 해롤드 매슬로(Abraham Harold Maslow)의 욕구 단계설에 따르면 생리적 욕구가 충족되지 않을 때, 그 위로 진입할 수 없다고 한다. 시작부터 우리 모두 자존감 있는 사람은 아니지만, 그 언젠가 더 멋진 사람이 될 수도 있다는 뜻으로도 들린다. 나만의 방식으로 이렇게 살아가다 보면 언젠가 가능하지 않을까. 모든 청춘의 생을 응원한다. 끝까지 우린 살아남을 것이다.

끝으로 꽃의 언어 시리즈 〈우린 누군가의 봄이었으니까〉 수록 글을 첨부한다.

장담하건대, 너는 반드시 성공할 거야. 아주 씩씩하게 말할 수 있어. 자신 있는 목소리로 너는 네가 원하는 바를 꼭 이루고 말 거야. 누군가는 너에게 존경을 표할 것이고 거울 속에 비친 네 모습이 그 누구보다 자랑스럽게 느껴질 거야. 자신감을 가져. 초심에 가까운 결의를 다시금 되새기자. 지금에 와서야 하는 이야기지만, 일의 첫머리부터 성공할 기미가 보였어. 그럼에도 한 일에 꾸준히 공들여 온 너는 성공이 아닌 대성공을 이루게 될지 몰라. 응원해. 나중에 또 힘들면 이야기하자.

이중적이고 이기적인
사람들로부터 의연해지는 법

이중적이고 이기적인 사람들로부터 의연해지는 법. 욕할 사람들은 어떻게든 하고 다니더라. 안줏거리로 입이 심심할 때. 스태미나로 가득 차서 분풀이 대상이 필요할 때. 그것도 아니면 특정 누군가가 한번 마음에 안 든다 싶을 때 사사건건 시비부터 걸고 보더라. 그러다 아니면 미안하다 끝.

사람마다 모두 생각이 같을 수 없다. 때로는 동조할 것이고 그에 반대하는 사람도 있을 것이다. 반대를 표현하는 방식에 따라서 그 유형의 스펙트럼은 실로 다양하다. 정도가 지나친 사람부터 마음속으로만 웅성거리는 사람까지 말이다. 그런 점에서 뒷말을 당하지 않는 사람은 결코 존재할 수 없을 것이다. 저기 어딘가에서 누군가는 분명 남을 씹고 있을 테니까. 조금만 튀게 행동을 하여도 몰매를 맞는 것이

이 사회의 관습이니까. 초등학생 시절에 '나대지 마'라는 말이 유행어처럼 돌았던 걸 생각하면 가히 충격적이다.

그런 현실이라고 해서 가만히 당하고 있을 필요는 없다. 언제나 그랬듯 방법을 찾아내는 건 한순간이니까. 누군가 나를 욕할 자유가 있다면, 나도 그 사람을 욕할 자유가 있는 것이다. 만일 욕할 가치를 못 느낀다면 그런 부류의 사람을 멀리하면 되는 것이다. 말 그대로 개인의 자유. 신체적 물질적 피해를 입히지 않는 선에서 어떠한 선택도 괜찮다고 생각한다. 그러나 우리가 중점적으로 봐야 할 점은 그러한 게 아니다. 어떤 선택을 하든 내가 죄책감으로부터 자유로울 수 있는가. 어떤 선택이든 남에게 상처를 입히는 결정은 그저 무겁고 뾰족하기만 하다.

어쩌면 가장 좋은 방법은 다른 곳에 있을 수 있다. 어떠한 흔들림에도 연연하지 않고 이를 성공의 척도로 삼는 것 말이다. 내가 당신들보다 이만큼 잘 살고 있다. 저 사람처럼은 되지 말아야지. 이참에 그 사람을 비교 대상 삼아 내 자존감을 높이는 것이다. 똑같이 욕하거나 관계를 끊지 않고도 행복해질 방법이 어쩌면 이것 아닐까. 어쨌거나 그 사람에게는 인생 낭비이고 나로선 잃을 게 없는 상황이니까.

아무 걱정할 필요 없다. 자신감을 가지고 자존감을 높이고 자기다움을 지키자. 이제부터는 나의 마음에 달린 일이다. 사람들 중 일부는 어떻게 해도 나를 미워할 것이고 내가 한 잘못을 언제까지고 용서하지 않을 것이다. 하지만 그것 또한 그 사람들 마음에 달린 일이다.

☾   비밀은 나누지 않을수록 좋은 것

　알면서도 때론 모르는 척 가슴 속에 묻어두는 것. 관계에서 '비밀하다'는 세심하게는 배려, 끈끈하게는 의리로 통한다. 하지만 개중에는 알면서 모르는 척해야 할 이야기들을 알면서도 모르는 척하는 사람도 더러 있다. 흔히 비밀 폭로를 즐겨하는 사람들이다. 이들에게 남의 비밀이란 검색하면 쉽게 찾을 수 있는 가십거리에 지나지 않는다. 혹은 스스로와 타인을 비교하는 것을 좋아하는 사람들로 여러 사람들로부터 들은 비밀을 분석데이터로써 활용한다. 당사자가 없을 때는 "야 이거 너라면 어떨 것 같아? 아는 사람 이야기인데 내가 보기엔 좀 그래서 말이야." 같은 식으로 비밀을 폭로한다. 당사자와 함께 있는 자리에선 '이게 무슨 비밀거리라도 되느냐' 같은 의미로 은유적으로 망신을 준다. 괜히 얼굴을 붉히거나 싫은 내색을 드러내면 오히려 비웃음과 경멸감이 들도록 대화의 흐름을 주도한다.

그래서 남의 비밀을 공공연히 드러내는 사람은 몇 가지 특징을 지녔다.

첫째, 자신의 불만족과 열등감을 선량한 지인들로부터 채우고 본다. 현실로부터 도저히 채울 수 없거나 채우는 과정에서 일종의 갈망 행위가 분출하였다고 할까. 목적을 위해서는 공격적으로 움직이는 면에서는 타의 추종을 불허한다. 비밀을 캐기 위해 사소한 이야기까지 하나하나 수집하는 그들에게 자존감이란 자생할 수 없는 것이라 볼 수 있다. 사생활을 묻거나 폭로 끝에 오는 반응에서 희열과 안도감을 느끼지만, 분명한 건 헛배에 부풀어 남이 보기에는 불편하기 짝이 없는 것이다.

둘째, 그럼에도 불구하고 타인과 자신을 비교하는 일을 멈추지 않는다. 정상적인 방식으로 관심을 받지 못한 사람이라면 더더욱 소문을 퍼트리는 일을 멈추지 않는다. 잘못되었다는 것을 알면서도 말이다. 사람을 하나 잃는 선택이 될 수 있지만, 화젯거리를 지닌 사람이 되어 뭇사람으로부터 필요 이상의 관심을 끌 수 있기 때문이다. 물론 비밀을 공유하는 사람과의 관계가 정상적이라 보기 어렵지만 외로움을 채울 수 있다는 점에서 나쁘지 않은 결과라고 생각한다.

셋째, 유유상종. 끼리끼리 모여 암투를 벌인다. 잘 어울리다가도 시기 질투로 견제를 시도한다. 이를테면 서로의 비밀을 폭로하면서 이를 유머로 승화시킨다거나, 바람 잘 날 없이 교제와 단절을 반복한다. 웃기는 사실은 몇 달 뒤 근황을 들어보면 화해를 해서 다시 잘 만나고 있다는 것이다. 근묵자흑 근주자적이라는 말이 있는데, 원래부터 검고 붉은 사람들이 모여 굴레를 벗어나지 못하는 게 아닐까 그런 생각을 한다.

신뢰가 깨져 상실감에 허덕이기 전에 주변 상황을 믿어라. 그 사람 자체를 신뢰하는 것은 물론 다차원적 접근이 필요하다. 이 사람한테 비밀을 털어놓으면 안 될 것 같다는 '싸하다'는 기분을 느낄 때는 일체 함구하는 것이 좋다. 싸하다는 것은 살아오며 축적된 빅데이터로 분석된 역량 같은 것이다. 애매모호한 기분이라면서 무시하는 것보다는 모호한 세상살이에 현실 있는 선택이다. 조금 더 확신을 주고 싶다면 다음과 같은 방법도 괜찮은 것 같다. 가까이 지내는 사람들을 만나보거나 이야기를 너머 들어보자. 싸한 사람은 옆의 사람도 싸하고 그 옆의 사람도 싸하기 마련이다.

세상에는 인면수심한 사람이 많다. 뒤통수 칠 사람 독이 될 사람을 걸러내도 다시 또 걸러내야 하는 게 사람이다. 마치 필요악처럼 빈자리를 누군가가 도로 채워 놓는다. 예전에는 그저 경험이 부족해서 이런 고초를 겪는구나 생각했다. 하지만 인간유형에 대한 일정한 양식을 갖춘 후에도 변함없을 때 새로운 방책의 필요성을 느꼈다. 정말 중요한 이야기 전하면 안 될 것 같은 말들은 어떤 사람에게도 함구무언 하는 것으로 말이다. 경제적으로 좋은 소식이나 상대적 박탈감을 불러일으킬 소지가 있는 이야기들은 하지 않는 게 좋다. 1급 기밀로 분류해 둔 것들에 대해선 그 누구도 열람을 금해야만 한다.

이렇듯 믿을 만한 사람도 일정한 등급을 정해두고, 공유할 얘기에도 열람의 제한을 둬야 할 것이다. 내가 성공했을 때 진정 축하를 건넬 수 있는 사람은 없으니까. 좋은 일이 생겨도 기쁨을 나누는 사람이 있다면 그저 일정 거리 속에서 살아가는 사람들뿐일 것이다. 항상 자기 자신이 제일 중요하다는 거 잊지 말자. 항상 본인 먼저 챙기자. 나는 내가 보호자다. 내가 보호자다.

비슷한 맥락으로 힘든 일이 있어도 남에게 털어놓지 말아야 한다. 타인은 시간 써가면서 타인의 힘든 이야기를 들고 싶지 않아 한다. 들어 준다고 해도 호기심 때문이거나, 도움 안 되는 조언을 할 것이다. 남에게 터놓은 힘든 일은 언젠가 약점이 되기도 한다. 그 사람과 관계가 소원해졌을 때 악용하지 않을 거라는 보장은 없다. 세상에 나를 배신하지 않는 것은 아무것도 없다 생각해라. 그것이 나를 지키는 일.

나에 대해
잘 알지도 못하면서

"시간 없어서 자기계발 못 한다는 거. 그런 거 다 핑계다. 하루에 5시간 남짓 자 가며 노력해 봐. 못할 거 없지, 안 그래?"

그럼 내 몸속에 암이 하나 생겨 있겠지. 지금 내가 당신에게 느끼는 '암'과 질병 '암' 말이다. 잘 알지도 못하면서. 쉽게 남의 인생에 관해 이렇게 해라, 조언을 내리는 사람들을 보면 답답하다. 나도 할 만큼 했는데. 잘 살고 싶은 마음은 분명, 시대와 사람을 초월하는 것이다. 열정만으로 성공할 수 있는 일이 줄어들고 있다. 그러다 보니 불투명한 미래 속에서 자꾸만 안정을 추구한다. 도전하기엔 몸과 마음이 이미 슬럼프 상태에 빠졌기 때문에 지쳐간다 자꾸만. 그러한 상황 속에서 상처를 주다니 이거 참.

타인은 타인을 모른다. 끝끝내 서로의 고충을 이해하지 못 하고 살아갈 것이다. 이해하려고 노력할수록 반목은 계속될 것이고, 그 속에 감정이 섞여 있다면 상처를 받게 될 것이다. 그렇다면 어쭙잖은 조언 대신 묵묵히 지켜봐 주는 건 어떨까. 이해 말고 존중의 태도로 말이다. 진정 위로를 건넬 수 있는 사람은 그 사람과 비슷한 처지에 놓인 사람들이라고 들었으니까. 동류의 아픔을 공유할 수 있을 사람이 아니라면 입을 그만 닫고 있는 편이 나은 것 같다.

지능 말고 공감적 지능
조언 말고 다정한 위로

배울 만큼 배운 양반들이 대체 왜 그런 짓을 했을까? 배운 사람이라고 해서 모두가 도덕적이고 양심적이지 않다. 오히려 그 지성을 가지고 악행을 일삼고 완전범죄를 계획하는 경우가 허다하더라. 하지만 나는 여전히 배운 사람을 좋아한다. 단지 학문적 소양이 밝고 고학력자가 아니라 그런 면에서 조금 덜 배운 사람이라고 할지라도 신념을 올바르게 갖춘 사람. 하지 말아야 할 것과 해야 될 일을 잘 구분하여 행동하는 능력을 갖춘 사람. 그리고 소신을 갖고 불의에 과감히 맞서는 사람들을 존경의 눈으로 바라본다.

그렇게 잘 '배운 사람'을 우리 주변에서도 찾을 수 있어야 한다. 이를테면 배려심 있고 생각이 깊은 사람. 욕도 잘하지 않고 타인에 대한 존중이 몸에 밴 사람. 세상 사람들의 행태를 관찰하고 있자면 단지 배운 척하는 사람들과 종종 마주칠 수 있다. 모난 곳이 전혀 발견되지 않을 정도로 어색한 사람 말고. 시선이 교차했을 때 두 눈동자에서 마음의 정중앙을 읽을 수 있는 사람들 말이다. 단어 선택과 얘기를 듣는 자세만 봐도 배움의 차이를 느낄 수 있다. 공감적인 친화력이 높은 사람들은 그러한 점에서 분명 빛이 난다. 길을 잃은 듯한 꼬마에게 집이 어디냐며 손을 잡아주는 마음씨라든가 평소 길고양이들에게 밥을 잘 챙겨주는 습관이라면 동일 선상에 놓을 수도 있겠단 생각이 들었다.

우리 모두 배운 사람을 좋아한다. 여기서 말한 '배움'이 그다지 어려운 일만은 아닐 것이다. 조금만 더 조심하고 조금만 더 남을 생각하는 마음. 말의 위력을 알고 남과 허투루 말을 섞지 않는 사람. 솔직함을 가장해 무례하게 굴지 않는 사람. 그런 의미에서 우리 모두 배운 사람이 되어야 한다.

좋으나 싫으나 얽히고설키어 살아야 하는 것이 우리의 운명이라면 말이다. 되도록 고운 말, 조심하는 행동으로 세상을 보존하는 태도가 중요하지 않을까 싶다. 우리는 각자의 울타리를 벗어나 타인에게 향하는 변화가 필요하다. 되도록 조심하면서 타인을 존중하는 태도를 갖추면서 말이다. 그리고 다른 울타리 속 사람과 충돌하지 않는 대화, 내 일이면 잊어 먹을 소위 '쿨한' 만남을 통해 결론을 내지 않더라도 더불어 살아가야 한다. 이게 바로 발전은 없어도 상생은 가능한 관계가 아니겠는가. 내가 너를 생각하면서 그것이 곧 존중으로 일컫는 것일 수 있으니 말이다.

타인에게 상처받지 않고
살아가는 법

1. 다른 사람과 나를 비교하면서 구태여 자존감을 낭비하지 말 것. 그 사람은 그 사람. 나는 나. 이를 잘 구분하면서 살아갈 것. 자존감이 떨어진 사람은 홀로서기를 시작. 자존감을 쌓아갈 것.

2. 만만한 사람이 되지 말 것. 스스로를 지켜야 한다는 사명감을 갖고 살 것. 관계나 조직생활에서 지금보다 편히 살기 위해서는 눈치 없는 선택을 할 필요도 있다. 강단 있게 행동하는 법을 터득할 것. 눈치를 잘 보는 것은 처세술이지만, 반대로 스스로를 서서히 말려 죽이는 일이기도 하다.

3. 당하고 있지만 말기. 누군가 나를 이유 없이 싫어하면 싫어하는 이유를 꼭 만들어줄 것. 무력하게 당하고 있지만

말고 건들면 아주 주옥 된다는 사실을 몸소 체험시켜줄 것. 인격적으로 대우해줄 사람을 잘 구분하면서 살아가야 한다. 앞으로 좋은 사람에게 좋은 사람이 되기로.

4. 사람은 본디 악하여 남 잘되는 꼴을 보지 못한다는 사실. 이제 그만 인정할 것. 원색적인 비난을 일삼는 무리가 아니라, 이 세상은 타고나기를 너그럽지 못한 사람뿐이라서 그렇다. "진정성 있는 모습을 보이면 감복해 이 허물을 덮어주겠지?" 그런 생각은 접어두고 애초부터 약점은 감출 것. 좋은 소식은 끝끝내 공유하지 말 것. 연대한다는 생각 버리기.

5. 믿고 걸러야 할 유형 정해두고 만날 것. 이를테면 걸레짝처럼 지저분하고 입이 거친 사람. 가정교육을 독학한 게 아닐까 의구심 드는 사람. 일면식도 없으면서 '우리 동생~' 아양 떠는 사람. '돈 좀 부탁 좀' 필요할 때만 나타나는 사람들. 행동으로 좀 보여주지 입으로만 나불대는 허풍쟁이들. 그 밖에도 스스로가 느끼기에 진짜 싫다 느끼는 유형. 싹 다 쳐내기.

6. 모든 사람에게 좋은 사람이 되려고 애쓰지 말 것. 인정받고 싶은 욕구와 의존하고 싶은 마음이 커지면 그만큼

세상은 우울해진다. 모든 일이 무릇 쉽게 이루어지지 않는다는 것을 인지하며, 어떤 관계는 불가능에 가깝다는 사실을 알자. 모든 사람에게 좋은 평판을 유지할 수 있다.

7. 행복하고 싶어서 행복 받고 싶다는 생각 버리기. 나 혼자서 행복할 수 있는데, 굳이 사람들과 어울리며 어려운 행복을 받고 싶어 한다. 혼자서 행복할 수 있다는 사실을 알 것.

낙인 이론이
내게도 적용되었을 때

살면서 누구나 잘못을 저지르지만, 걸리지만 않는다면 아무런 문제 없이 지나간다. 그런데 함께 일을 하는 공간에서 누군가 그런 식으로 위기를 모면해버리면 또 다른 누군가는 그로 인해 분명 피해를 입게 될 것이다. 어떤 방식으로든.

21살, 아르바이트로 옷가게에서 일을 하는데 중간관리자 정도 되는 사람이 갑자기 나를 불러 세웠다. 뜬금없이 내가 옷 정리를 엉망으로 했다며 화를 냈다. 입사한 지 한 달이나 되었으면서 아직 그것도 제대로 못 하냐면서 말이다. 솔직히 너무 어이가 없었다. 가뜩이나 피곤한데 울화가 터져 눈물까지 나려고 하더라. 대충 일하고 퇴근해버린 저 신입 한 명 때문에. 아니, 저 사람이 싼 똥을 내가 왜 치워야 하는 것일까. 도대체 무엇 때문에.

내가 한 게 아니라고 전 타임에 일하던 사람이 한 거라고 말하면 되겠지만, 현실은 그리 녹록지 않았다. 우선 당사자가 없는 상태라 뭐라고 해명하기에도 애매한 상황이었고 내가 뭐라고 한들 좋은 소리 들을 수나 있었겠냐는 거다. 장담하건대 "그럼 여태 확인조차 안 한 거네?" 이렇게 잘못을 물었을 것이 분명하다.

낙인 이론에 관한 최초의 주장자인 프랑크 타넨바움 (Frank Tannenbaum)은 그의 저서 〈범죄와 지역사회〉를 통해 이렇게 말했다. "범죄자를 만들어 내는 과정은 꼬리표를 붙이고 규정하고 인정하고 차별하고 평하고 강조하고 의식하고 자의식을 심어주는 과정이다." 지금 생각해보면 그렇다. 저 때 아무런 반항도 없이 묵묵부답으로 속병을 앓아야 했던 이유는 이미 사고를 잘 치는 이미지가 돼 버린 나를 스스로도 인정하고 있는 데다가 이젠 뭐 아무렇지도 않다는 식으로 일종의 빈사 상태에 놓여있었기 때문이다.

하지만 이따위 부조리한 일은 늘 있었다 치고, 이런 내 모습도 상당히 사회 체념적이고 비정상적이었던 건 아닐까? 별일 아니니까, 이 정도야 뭐 거뜬하다 생각했으니 말이다. 마음의 굳은살이 박여도 그것을 감정의 근육으로 오인하고는 늘 괜찮다고 생각했다. 하지만 마음이 굉장히 외로움을 탈 시기에 누군가 내 마음을 알아주었으면 하는 바람이 주위를 둘러보게 만들기도 한다. 그럴 때 주변 사람이 '너 원래 이런 것에 끄떡없잖아.'라고 반응하면 그때는 정말로 모든 게 엉망진창이 될지도 모를 일이다.

부당한 처사에 강하게 "내가 한 게 아니다!" 자신을 변호할 줄도 알아야 한다. 그래야만 이 어려운 세상 살아남을 수 있을 것이다. 설령 그런 나를 염치도 없는 인간이라 욕할지라도 말이다. 어차피 한껏 신나게 떠들어대다 본인들 할 일에 바빠 잊은 채 살아갈 테니. 그런 의미에서 나를 욕할 사람도 나를 방어할 사람도 오직 나 하나밖에 없다. 사람 문제로 부디 감정 낭비 말자.

다른 맥락에서 낙인 이론을 겪는 대부분의 사람은 안 좋은 시선으로 인해 좋지 못한 쪽으로 흘러간다. 그 사람이 정말 수준 미달이거나 질 낮은 사람이 아니라 그러한 시선과 의식함에 따라서 말이다. 낙인 이론이 내게도 적용되었을 때 과연 의연하게 대처할 수 있었나. 마음이 곪지 않게 사소한 압박도 굴하지 않았다. 그러한 결과로 타인의 시선에서 자유로워졌지만 이상하게 마음속 화는 침전을 계속했다. 나를 방어할 사람은 나 하나뿐이지만, 가끔은 타인의 도움 또한 필요한 듯 보인다. 이를테면 낙인찍고 그것을 계속 상기하는 것이 아니라, 인정해주고 용기를 북돋아 주는 것 말이다. 현실적으로 어려울지 몰라도 이론적으로는 분명 그러하다.

🌙　　인간관계에 너무 연연하지 말 것

생을 마감하는 이유가 슬픔일 순 없다. 사람은 누구나 반드시 죽기 마련이다. 아무런 연유 없이 세상에 난 인간이라고 하는 생명체는 죽음에 있어서 선택권이 없다. 삶의 문턱마다 선택의 순간이라고 하지만 그럼에도 불구하고 순리에 따라 살아지는 것이 인생이다. 사람의 죽음만 그러할까. 우리는 누구나 한 번의 죽음을 경험하지만, 관계는 무수히 많은 죽음을 경험하게 하기 때문이다.

인간관계에 너무 연연하지 말아야 한다. 떠날 사람은 아무리 붙잡아도 떠나게 돼 있다. 사람 됨이 맞지 않는 사람이 꾸준히 대화를 이어간다고 한들, 그것을 진정한 존중이라 볼 수 없다. 연대감을 조성했다 단정 지을 수 없는 일이다. 비범하지 않은 자들끼리 만나 심연에 자리 잡은 불화까지 존중으로 끌어올리기는 순 억지스러운 일이 아닐 수 없다. 그래서 관계라고 하는 것은 실질적으로 아무런 의미 없는 단어일 뿐이다. 이를 일주일에 비유하면 닷새간의 번뇌와 이틀간의 해탈 과정이라 볼 수 있다. 유명 철학자가 그랬듯 그 이틀간의 해탈마저도 누군가에게는 권태롭기만 할 뿐이다.

구태여 에너지를 소모하는 일이 없다면 참 행복에 가까워질 수 있다. 관계를 맺고 푸는 것에 있어 염세적인 태도를 취하는 것. 혹은 공허 또한 여백으로 여길 줄 아는 자세라면 세상은 멈춰서 내게 삶의 지표를 제시할 것이다. 있는 그대로 형식에 얽매여 살아가지 않으려면 어떻게 해야 하는지 대해 말이다.

(1) 내게 올 사람은 어떻게 해서라도 오고, 남을 사람은 어떻게 해서라도 남는다. (2) 행복을 위해서는 타인에 대한 일부 불편한 사실도 차단해 주어야 한다. (3) 적당한 기대와 질투 그리고 사랑. 적당한 마음을 품는 건 행복을 위한 훌륭한 처세술이다. (4) 관계의 바닥을 칠 때는 다른 의미로 기회라 생각하자. 진짜 내 사람만 남을 기회. (5) 좋게 대해주면 만만하게 보고, 못되게 굴면 욕을 먹는다. 관계는 여러모로 쓸모없다. (6) 진정한 힐링은 사람을 만나지 않는 것에 있다. 누군가와 대화를 시도하지 말고 파도치는 소리를 듣고 있자.

끝으로 충고할 것이 있다면, 어리숙한 마음에 무수히 상처를 받았을 나의 당신에게 근엄하면서도 은밀한 대화를 요청하길 바란다. 마음속 깊이 소리를 내며 질문을 던져야만 내가 얼마나 성숙했는지 알 수 있다. 인간관계에 흔들리지 않을 마음가짐 또한 나를 나답게 재정의할 수 있는 법이다.

젊을 때는
사서라도 고생한다는 말처럼
개똥 같은 철학

팀 운 한번 끝장나게 좋네.

조별과제 조 이름으로 마마무 어때?

다들 [음 오 아 예] 밖에 안 하니까.

인터넷에 떠도는 대학생활 관련 일화를 보면 어느 부분은 공감이 가지 않을 때가 있습니다. 이를테면 조별과제 이야기. 공학도로 지내면서 인간관계로 큰 어려움을 겪은 적은 없었거든요. 남고 같은 생활의 연속이라서 그런 걸까요. 동기간의 반목, 음모, 모략은 저에게 거리가 먼 단어 같았습니다. 4학년 1학기, 타전공에 홀로 수강신청을 하기 전까지는 말입니다. 아아- 조별과제의 지옥이 무엇인지 비로소 알았습니다.

조장을 뽑는 건 대동단결해서 잘 몰아주더니 사람들이 어떤 질문이든 대답을 잘 안 합니다. "이거 좀 조사해주세요." 제야 비로소 [음 오 아 예]를 해버리는 행태라니. 초면이고 개인주의일 수 있다 이해해주자 생각하는 순간에도 번뇌는 끊이지 않았습니다. 자료조사를 맡겼을 때 어디 지식백과 같은 곳에서 붙여넣기 해온 걸 떡하니 보내주니 원. 성격 급하고 아쉬운 사람이 먼저 움직이게 되더군요. 결국 상당 부분을 혼자 해버렸습니다. 겨우겨우 A0를 받곤 요즘 말로 손절 치듯 도망쳐왔지만 일종의 트라우마로 남아있네요. 그 시절 교수님에게 물어나 보고 싶습니다.

조별과제를 과제로 내준 이유는 일일이 과제 점수를 매기기 귀찮아서인가요?

이게 바로 세상살이란 것이다 하며 견뎌야 할 것을 일깨워주고자 그런 것인가요?

직접적으로 질문을 드러내진 않았지만, 이후 사회생활을 하면서 자연스럽게 답을 얻게 되었습니다. 어른이라면 알아 둬야 할 상식 같은 개념으로 말입니다. 이를테면 '나는 무엇을 할 줄 안다' 본인 위주의 칭찬은 되도록 하지 않는 게 좋다는 것. 사람은 쉽고 편한 것을 좋아해서 조금이라도 의지할 구석이 보이면 기대는 습성이 있다는 것. 이 또한 경험이 될 거라 생각하지 말아라. 젊을 때는 사서라도 고생한다는 말처럼 개똥 같은 철학을 버려야 괜찮은 어른이 될 수 있다는 사실까지 말입니다.

아직까지 괜찮은 어른이 되는 법은 잘 모르지만 어느 정도 말해줄 부분은 있는 것 같습니다. 최소한 바보처럼 이용당하고 쉬운 사람이 되지 않으려면, 약간의 방어막 정도는 칠 줄 알아야 합니다. 대인배처럼 행동하더라도 말입니다. 겉으로 드러나는 것에 대해 경각심을 가지는 태도가 필요하다는 뜻입니다. 단순히 자신을 뽐내는 것은 둘째 치고, 선의를 베푸는 태도 자체만으로 득보다 실이 많을 수 있다는 것도 기억해두세요. 기생하려는 사람은 언제 어디서 나타날 수 있습니다. 지금 당장 아니더라도 '의지해도 괜찮을 사람'으로 낙인 찍힐 수 있기 때문에 이 또한 조심해야 합니다.

복잡한 세상살이. 사람 만나는 것조차 쉽지 않습니다. 괜찮은 어른이 되는 법도 실은 막연한 기대입니다. 어떻게 하면 나 자신에게 피해를 덜 가게 하고, 남에게 피해를 끼치지 않으면서 행복을 지킬 수 있을까 단지 그뿐. 완급을 잘 조절하는 사람이 되는 법일 수도 있습니다. 평생토록 알아가야 할지 모르지만 어쨌거나 지금의 나 자신을 위한 선택을 해야 하지 않을까요. 우선 타인으로부터 자신을 지키는 방법에 치중했으면 좋겠습니다. 먼 훗날 당신을 위해서라도 말입니다.

사람부터 믿지 말고
상황을 믿을 것

"너의 편을 만들어라. 그리고 적을 만들지 말라." 이 말에 요즘에는 이렇게 답한다. 여태 생각해온 것보다 타인이라고 하는 것은 거멓고 엄청나게 무시무시한 단어였다. 하지만 또 다른 타인에게 나 또한 별수 없는 타인이라, 우린 서로에게 너무도 미숙하기에 몰지각하기도 때론 무례하기도 한 것이다. '우리 정말 끈끈했는데.' 어쩌면 그건 형평성이 어긋난 주관일지도 모른다. 실상은 다를 수도 있지 않나. 저 사람은 저 사람만의 세계에 갇혀 색이 잔뜩 낀 창으로 문물을 받아들이고 있을지. 나의 편인 줄 알고 바다를 사랑했는데, 어느 날 해일이 들이닥치는 것. 사람 일이 마치 자연재해와 같다면 혼자 살기 벅찬 인생. 적을 만들지 않고 내 삶을 지키는 일에 집중하는 것이 낫지 않을까. 간혹 순수한 시절 내 편이 존재한다면 더불어 그들과 술 한잔하면서 말이다.

사람부터 믿지 말고 상황을 믿으라는 말을 꽤 신용하는
편이다. 사람을 믿어오다 어느 순간 신뢰가 깨지면 첫 번째
로 상실감에 허덕일 게 뻔하니까. 그리고 조각난 신뢰를 애
살스럽게 줍고 나면 영 쩜쩜한 감정들에 불면에 시달릴지
도 모를 일이다. 의심은 의심을 낳고 어느 순간 나는 그 사
람을 믿지 않게 된다. 나 혼자 신뢰를 지킨다고 되는 일도
아니고 세상에는 인면수심을 한 사람이 이렇게 많은데, 이
를 분류하다 지쳐서 사람을 믿지 않게 될지도 모른다. 백
프로의 확신으로 이루어진 관계는 없어야 한다. 주변 상황
부터 따지고 사람을 믿어야 한다고 거듭 강조해 말하고 싶
다.

상황에 관해서는 여러 가지가 있을 수 있겠다. 간단하게
는 내가 정말 어려운 시절엔 모른 척하더니 상황이 바뀌자
마자 꼬리를 살랑살랑 흔드는 경우. 복잡하게는 이 사람의
위치나 처한 현실을 고려했을 때 나에게 베푸는 호의는 과
연 진실한 것일까. 이처럼 복잡한 경우는 묻고 따지지도 말
고 위와 같은 처세술을 실천하는 것이 좋을 것 같다. 가끔
사람을 만나는 일은 일요일 내내 놀다 밤을 맞이하여 월요
일을 상상하는 것 같다. 혹은 마음껏 살찌우다 다이어트를
위해 퍽퍽한 닭가슴살을 먹는 것과도 같다. 그야말로 퍽퍽

한 인생살이인 것이다. 하지만 내 편을 만드는 것보다 적을 만들지 않는 것이 현명한 삶의 방식이라고 생각하면, 삶이 조금은 건강해진다.

불필요한 에너지 소모는
오히려 독이다

사람은 만나봐야 안다. 그 사람에 대해 전부 알고 있는 것 같이 느껴져도 끝까지 모르는 것들은 분명 존재한다. 사람은 시시때때로 변하니까. 불가항력에 내가 가진 모든 것을 내놓아야 할 것 같다. 그러한 성질만 놓고 보면 말이다. 사람 일이란 애초부터 말도 안 되게 이상한 일이라, 우리가 전혀 힘을 쓰지 않아도 괜찮을 수 있다.

서핑을 하다 큰 파도를 만나 먼바다에 체류를 하게 되었다 상상해보자. 언제 구조될지 모른다. 지금 상황에는 되도록 힘을 쓰지 않고 서핑보드 위에서 힘 빼고 누워 중심을 잡는 것만이 최고로 중요한 일이 아닐까. 어떻게든 벗어나려고 인간 동력을 쓸 필요는 없다고 보는 것이다.

불필요한 에너지 소모를 하는 것. 오히려 생존하는 것에 있어 독이 되는 게 아닐까 싶다. 사람 일도 마찬가지인 것이다. 신뢰 가능한 사람이라며 안전하게 검증해두었는데, 어느 날 매섭게 찾아온 파도처럼 당신을 뒤통수치고 달아나버렸다. 어떻게 할 수 없는 상태에 이 사람 하나로 모든 인생을 되돌아보고 회고하는 일은 단지 나 자신을 괴롭힐 뿐이라는 소리다. 별 쓸모없는 일에 감정 낭비하지 말자.

거절해도 될 때는
거절해도 됩니다

거절해도 되는 상황인데 괜히 그 사람의 기분까지 살폈습니다. 마음은 또 무거워져서는 손해를 보든 말든 그건 아무 상관 없는 일이 돼 버렸습니다. 정중히 사양하면 되는 일을 궁지에 몰린 것처럼 압박감에 시달립니다. 막무가내식의 부탁이 들어왔을 때, 내적으로 그런 생각을 할 수 있겠습니다. "이런 부탁을 도대체 왜 하는 거야. 짜증 나게 말이야." 하지만 미소 지으며 내색하지 않습니다. 덕분에 외적으로 영향력은 없지만 평판은 좋은 편에 속할 수 있습니다. 사려 깊은 사람. 마음씨 좋은 사람. 직장에서는 보기 드물게 성실한 청년이라는 칭호도 받을 수 있겠습니다. 픽이나 실용적이고 좋은 대우를 받았겠습니다.

그러는 동안 거절해도 될 일만 맡아왔습니다. 정작 자신에게 필요한 일에 대해서는 어떤가요. 해야 될 일이 있으면서 아무것도 못 했지 않나요. 퇴근이 없는 삶 내 시간이 사라진 삶을 살다 보니, 자연스럽게 자기계발조차 소홀히 하게 되었는 건 아닌지요. 그동안 쌓아온 이미지가 무너질 게 두려워 똥으로 쌓인 탑을 지키는 데 여념이 없군요. 무엇을 위해서 살아가는지 다 내팽개친 채 하루하루 살아가기 급급했습니다. 결국 나에게 불리한 상황을 맞이하게 되는, 나에게 좋지 못한 사람이 될 뿐이었습니다.

스스로에게 좋은 사람이 되지 못하고 있는데 과연 누구에게 좋은 사람이 될 수 있을까요. 나의 삶이 사라지면 타인으로부터 정의 내려온 일련의 가치들은 아무짝에 쓸모없어집니다. 울분이 쌓이지 않나요. 그다지 중요하지 않은 사람들을 위해서 왜 그런 인생을 살아야 합니까.

좋은 사람이 되는 법

쉽지 않겠지만 나에게만 좋은 사람이 되는 연습을 해야 합니다. 의도적으로 타인에게 못된 사람이 되어가며 대조적으로 멀쩡한 자신을 발견하기도 하면서 말입니다. 미움받으며 상처 입은 자신을 치유하는 것이 최우선이다는 생각까지 도달했다면, 좋은 사람이 되는 일을 반 정도 완성했다고 여겨집니다. 유독 이기적으로 구는 사람들에게 유유상종으로 구는 일을 포함해서 무심한 사람으로도 살아보는 것도 좋습니다. 무슨 지랄을 하든 이미 할 말을 다 했다는 표정으로 몸짓으로 그 사람의 속을 마구 불 질러보는 겁니다. 불장난하는 사람의 관점에서는 온기 가득하기만 합니다. 애국가를 부르든 점심 뭐 먹을지 생각하든 무반응으로 일관하는 그 순간에도 좋은 사람이 되어가고 있을 겁니다. 의도적으로 못된 사람이 되거나 무심한 사람이 되면서 잃어버린 나의 가치를 찾아갑시다.

그럼에도 불구하고 어딘가 부족한 좋은 사람인 것 같을 때, 탈진해버린 자신을 알아가는 것을 추천합니다. 외부적으로 어떻게 대처해야 하는지도 알았지만 지쳐버린 마음은 여전합니다. 감정이라고 하는 것은 하소연을 하든 보상을 받든 치유의 과정이 필요합니다. 그렇기 때문에 진정으로 좋은 사람이 되려면 자신과 '진솔한 대화' 우울이 만든 벽을 청산해야 합니다. 누구의 도움 없이 한 땀 한 땀 정성을 다해서 말입니다. 방법은 여러 가지일 것입니다. 왜 그때 나는 거절할 수 없었는지 과거의 흔적을 따라 마인드맵을 그리는 것도 괜찮고, 타인의 일 나의 일 엄격히 구분하여 거절에 대한 이유를 찾는 것도 좋을 것입니다. 무엇보다 주체적인 자신과 스스로를 제삼자의 입장에서 보는 객관화가 중요합니다.

　내면적인 성찰과 반성으로 끊임없이 마음을 닦아볼 차
례입니다. 흠이 비치거나 어설픈 건 어쩔 수 없는 일입니
다. 이론적으로 알았다고 해서 일생을 바꿔 놓을 수 없는
일이니 말입니다. '나에게만 좋은 사람이 되는 법' 작심삼
일처럼 시시때때로 이 문장을 붙잡고 살아가기로 합시다.
실천과 실천을 거듭 이어가 보면 어쩌면 나다움이 완성될
지도 모릅니다. 나답게 산다는 건 완성 없이 현재와 또 다
른 현재를 계속 마주하는 일일지도 모르겠습니다.

서로 못 잡아먹어서
으르렁 대는구나

그냥 좀 '부족한 사람들'끼리 힐뜯지 않고 무던히 살아갔으면 좋겠다. 특별한 기술 없이 고졸로 사회인이 되면 단기적인 일만 하며 의미 없는 인생일 거라는 충고 대신 말이다. 어차피 우리 모두 어딘가 모자란 사람들. 아이폰보다 비싼 등록금을 마련하기 위해 부단히 살아야 하는 것은 매한가지일 테니 말이다. 그저 평범한 사람들의 일반 생활양식이라 살아갔으면 좋겠다. 좋지 못한 프레임을 씌우려고만 한다. 한정된 시간 대비 가성비 좋은 아르바이트를 구하는 것 자체만으로 의미 없는 인생이라 볼 수 있는데.

결점이 있기는 마찬가지인데 서로를 흉보는 이유는 무엇일까. 비평 없이 악플만을 다는 사람들을 보며 크게 두 가지의 욕구를 추측해봤다. 하나는 '인정욕구' 사람은 누구나 타인으로부터 인정받고 싶어하는 마음을 지녔다. 하지만 사회 구조적 문제상 그럴 수 없는 상황에 놓일 때, 부정적인 관심이라도 받아보려는 것이다. 타인의 문제를 지적하며 "그래도 내가 너보다는 낫지." 하는 심리 혹은 소모적인 문장을 주고받으며 성취감을 얻음으로써 우위에 섰다고 믿는다. 나머지 하나는 '안정 욕구' 하나도 도움 안 되는 충고인 것을 본인도 잘 알면서 "지잡 수준 어디 안 가네. 그럴 시간에 스펙 하나 더 쌓지." 타인을 비방의 방패로 삼는다. 스스로를 상처 입히는 말의 피해를 타인을 통해 감소시킨다고 할까.

가뜩이나 어려운 세상. 먹고사는 일만으로 벅찬데 개인의 이기심이 더욱 첨예화하고 있다. 서로를 보듬는 행위는 바라지 않는다. 그저 각자의 분야에서 묵묵히 자기 할 일만 했으면 좋겠다. 나아가 개인주의를 조금 더 성숙해졌으면 하는 바람이다. 개개인의 존중 인격 공동체 의식 등 소중한 가치를 포함하는 개인주의 말이다. 그렇게만 된다면 참 만족스러울 텐데 불특정 다수에 메시지를 효과적으로 전할 길은 없다. 사람은 반목 때문에 평안을 찾을 수 없기 마련이다.

삶이 바뀌고 누군 돈이 벌리고

각자 가치 있다 믿는 것을 섬기고

누군 누가 별로고

누군 누구 편이고

냉소적인 시선은

내 마음속의 병이고

나의 초록색 숲이 다 까맣게

두 손을 모아 나의 상태 나급해

_팔로알토, 'Escape' 중

머리 빠진다, 대충 살자
상대적 박탈감 느끼지 말고

점심을 먹고 복사 집에 리포트를 출력하러 갔을 때였다. 한창 손님으로 붐비는 시간대라 별수 없이 줄 서서 기다려야 했을 때였을 거다. 옆에 친구가 어깨를 툭 치면서 그런 말을 건네더라. "야 저 신발 봐. 저거 발렌시아가 아니냐? 와… 못해도 100만원은 할 텐데." 음 그렇구나. 당시에는 별생각 없었는데 어느 순간 현자타임이 와버렸다. 행사가 500원 콩나물 묶음을 보고 좋아한 나는 뭔가. 저 사람은 무슨 돈이 그렇게 많아서 내 두 달 치 생활비를 저리 쓴 걸까.

상대적 박탈감으로 머릿속이 텅 빈 기분이었다. 경제적으로 열등한 상황에 직면하여 삶 자체가 무력하게 쓸렸다고 할까. 처한 현실에 의해 제한받고 소소한 행복에서 버려져 비로소 희망 자체를 위협받고 있었다. 이러면 안 되는데… 헝클어진 마음을 한참을 정리해봐도 통제력 잃은 마음은 한참을 미친놈처럼 쏘다니기만 할 뿐이었다.

문득 궁금해졌다. 뭘 빼앗긴 적도 없는데 빼앗긴 듯한 느낌은 무엇 때문에 일어나는 걸까. 그 누가 SNS는 인생의 낭비라고 말한 것에 대한 이유와 비슷하다고 볼 수 있다. 커뮤니티에 연결돼있는 상태에서 누군가의 의지와는 상관없이 노출되는 사람들의 소식. 이를테면 서로 다른 환경, 신제 소건들이 종합적으로 얽히어 불평등한 감정의 공급하도록 조성한다. 의도하지 않았지만 옆 친구에 의해 명품 신발을 보게 된 것처럼 말이다. 호기심의 발동과 비교의식이 서로 공존하면서 감정적으로 우울하게 만드는 것이 그 실체다.

그렇다면 이대로 넋 놓고 있어만 하는 걸까. 분명 그건 아닐 것이다. 우리가 분명하게 알아 둘 사실은 상대적 박탈감은 절대적인 상황에서 결코 발생할 수 없다. 억만장자라 할지라도 생명의 유한 앞에서 무병장수한 이를 부러워할 수 있는 일이고, 평범하지만 화목한 이들을 부러워할 수 있다. 상위계층에 진입할수록 비로소 자유로워지는 것이 아니라, 그러한 가치에 판단되도록 누구에게나 자율성이 주어지는 것뿐이다.

혹여 상대적인 것에 마음이 억눌릴 때는 위 사실을 기억하며, 나라는 기준을 다시금 단단히 다져보자. 어떤 불안에서도 흔들리지 않도록 이 마음의 주관자가 누구인지 입장 차이를 공고히 해 두는 것이다. 한 가지 더 상대적 박탈감의 성질에 대해 못 박아 둘 것이 있다면, 상대성을 넘어 단지 일시적이라는 사실까지 기억해두면 정신건강에 좋다. 가령 그러한 것이다. 한 끼 식사에 만원이 넘어가는 것을 경계하는 자신이 문득 싫어지다가도 막상 밥 먹다 보면 유튜브 영상에 희희낙락거리는 자신에게 잊혀 "그랬었던가." 감정이 무뎌진다. 이렇듯 박탈감을 극복하려면 그 실체와 관련해서 생각을 정리해보면 큰 도움이 된다. 결국 아무것도 아닌 것임을 깨닫고 내면의 행복을 지킬 수 있다는 용기를 얻을 수 있다.

자 이제 당신은 결코 무기력하게 이리저리 휘둘릴 사람이 아니다. 당신은 그보다 상위 가치의 사람이고 소중하기에 충분한 사람이다. 긴 인생을 살아내면 상처 없이 온전하게 성장할 수 없겠지만, '자신'을 끝끝내 잃지 않도록 사는 동안 처절히 노력하자. 자신을 지키는 것. 가장 무엇보다 중요한 나 자신을 위해서 말이다.

인생에 도움 되는 사람보단
편안한 사람

인생에 도움이 되는 사람을 만나고 싶었다. 예전에는 내가 느끼기에 대단하다 혹은 멋지다 하는 사람들만 만나려고만 했다. 그들과 함께 있으면 내 인생조차 밝게 빛나 보일지 모른단 환상을 품고 있었기 때문에 말이다. 하지만 그들과 함께할수록 생기는 건 열등감. 무리해서 친해질수록 초라한 모습이 적연히 드러나 고개를 제대로 들 수 없었다. 타인을 향한 필요 이상의 관심은 결국 자신에게 독이 되어 찾아올 것임을. 알면서도 그토록 관계의 빛을 강조했던 나. 나 스스로에게 이렇게 말해주고 싶다.

내 사람들에게만 잘하자. 그 사람들처럼 되기에 나는 결코 전지전능하지 않으니까. 그 사람들처럼 될 시간에 나에게 잘해주는 사람들에게 잘하는 게 좋겠다. 언제 변할지 모르는 게 사람의 마음이라고 하지 않은가. "잠시 얘기 좀 하자." 그러기엔 너무 바쁘게 산다. 각자 자신의 기준이 옳다 여기느라 바쁘게만 살아가는 중이다. 그냥 단순하게 생각하고 현재 남아있는 사람들, 더불어 나와 곧 친해질 사람들에게만 잘하는 게 어떨까. 잘 안 된 사람들은 애초부터 안 될 사람이었다 생각하며 잊어버리고 말이다. 오히려 여유로워진 관계 속에 새롭게 행복을 찾아낼 수 있을 것이다. 갈 사람들 다 가고 남을 사람들밖에 없을 테니 그들에게 보다 많은 애정을 쏟을 수도 있을 것이다. 찬란하진 않아도 다른 면에서 충분히 소중한 사람들. 그들과 편안히 지낼 때 얼마나 행복한가. 아무 문제 없이 내 일 끝내고 오롯이 마주하는 사람들. 얼마나 좋은가.

3.

소소하지만 단단한 행복
혼자서도 행복해질 수 있다

더 아픈 사람이
덜 아픈 사람을 위로한다

하루하루 희망차고 행복으로 가득한 인생을 살아가길. 더 이상 불행하지 않고 밉게 얼굴을 찡그릴 새 없이 순간순간 찰나의 행복을 붙잡으며 살아가길. 기왕이면 걷잡을 수 없이 밀려와 매일 행복에 거워 살길.

그 예쁘고 순수했던 마음이 왜 지금은 퀭해졌어. 노곤한 하품이며 업무로 굽은 등, 누가 너에게 그리 시든 꽃처럼 지내라고 시켰나. 살아가기 참 버겁다. 가끔은 모든 걸 깡그리 잊어버린 척 아무개로 하루를 살아보고 싶어. 성공이고 뭐고 심지어 지금 이 삶까지 반납하고 싶을 정도야. 그런데 언젠가 말이야. 유튜브로 시티팝 한 곡을 들은 적 있는데, 아무 생각 없이 댓글 창을 내리다 어느 문장을 보곤 끙끙 앓는 소리가 절로 나왔지 뭐야.

"이 노래가 인생의 주제인 세상에서 살고 싶다. 청춘과 사랑, 실연의 상처에 파묻혀서 술에 취해 밤거리를 걸어도 용서가 되는 삶. 나도 분명 청춘이라 여겨지는 나이인데 왜 나에겐 온갖 짊어짐만 가득할까." 이 문장은 마치 나에게 그러한 기억을 상기해주는 것만 같았어.

문득 댓글의 좋아요 개수를 봤어. 자그마치 이천오백 개나 되더라고. 세상에 나처럼 힘든 사람이 이렇게나 많이 있었나. 마음이 아프지만 동지를 만났다는 기분 하나만으로 조금 안정이 되는 것도 같았어. 시궁창 같은 현실을 벗어나지 않고서야 고통스러운 건 매한가지나 한결 맘이 편해졌다고 할까. 그저 버텨내라 강요하지 않고 해결해줄 수 없는 문제들을 들어주기만 했을 때, 불쌍한 나 자신마저 나다운 빛을 찾을 수 있다는 사실에 감복했지. 더 아픈 사람이 덜 아픈 사람을 끌어안고 위로할 수 있다는 사실을. 타인의 아픔을 공감할 수 없다는 것은 유사한 경험으로 이어지지 않고 있다는 사실까지 함께 말이야.

오늘이 되어서야 나는 깨달아. 그리고 너에게 해줄 수 있는 말이 하나 있을 것 같아. 네가 지금 하고 있는 일과 눈부시게 밝은 미래가 합쳐져 모든 일이 술술 풀려나가기를. 오랜 겨울 무척이나 춥고 힘들었으니까. 봄의 따뜻함은 네가 충분히 행복감을 누릴 수 있음을 알려주는 일종의 현상 같은 것일 거야. 그러니 어제에 오늘을 덧대어 내일로 들뜬 출발을 하자. 그 누구보다 긴 겨울을 보낸 너니까. 잠깐의 봄은 최고 전성기가 될 것이고 앞으로의 여름은 마음껏 쉬고 누릴 수 있는 보금자리가 될 거야. 비참하게 생각하지 마. 너 정말 잘 살았어. 잘 살고 있어.

하고 싶은 일 하면서
소중하게 살아요

그 좋은 시절. 하고 싶은 것만 하고 살기엔 청춘은 내게 너무 불안했다. 엄청 좋은 학교를 나온 것도 아니고 나보다 능력 있는 사람은 널렸을 거라는 사실이 나를 불안하게 만들었다. 이러다 취업 전선까지 밀리면 어쩌나. 막연한 두려움에 제대로 놀지도 못 했다. 하고 싶은 일을 하며 살 수 있는 사람이 과연 몇 명이나 될까. 하고 싶은 일만 하면서 사는 사람은 아마 없을 거야. 없다고 믿고 싶다.

그래서 여행을 떠나게 되는 것 같다. 나의 삶에 쉽게 집중할 수 있는 방법. 이런 세상일지라도 나 자신에게 사랑을 듬뿍 줄 수 있는 법. 여행만큼 좋은 방법이 또 있을까. 그런 여행이라면 일정이 별로 없는 느긋한 여행도 괜찮지 않을까 싶다. 누군가는 "일부러 시간 내어 이 타국까지 왔는데 좀 빠릿빠릿하게 움직여 봐."라고 하는데, 그런 여행은

싫다. 설령 두 번 다시 오기 힘든 장소에 왔을지라도 내 맘대로 하루를 보내고 싶다는 말이다. 기왕이면 노을이 예쁜 해변 같은 곳이 좋겠다. 일상에서 쌓인 피로와 일상 밖으로 오느라 지친 몸을 어서 침대로. 옆에는 향내 좋은 꽃을 두고 단잠을 자고 싶다. 깨고 나면 아침 커피를 마셔볼 예정이지만 말이다. 하지만 매번 힘이 들 때마다 여행을 떠날 수 없는 노릇이니, 이 방법도 마냥 쓸모 있는 것 같진 않다.

그렇다면 일상 속에서 방법을 찾아야 하지 않을까. 이를테면 인생에서 꼭 필요한 사람을 만나거나 나만의 공간을 아늑하게 꾸며보면서 말이다. 대내외적으로 나부터 행복해지는 방법. 내가 너무 이기적인 게 아니었을까 싶기도 하지만, 한국 사회는 아직 이십 대에게 많은 책임을 요구한다. "이제 너도 다 큰 성인이니까. 네 인생은 네가 책임질 줄 알아야 한다." 정작 그러면서 무얼 도전하려고 하면 한사코 말리지. 이십 대 중후반이 솔직히 많은 나이는 아니지 않은가. 그런데도 서른 살이 되기 전 뭔가 이뤄내지 못하면 패배자 낙인을 찍어버리는 것. 열정만 뺏는 레이스에 참여하게 됐다는 사실만으로 안타깝다.

주변 상황이 녹록지 못할 때. 나부터 행복해지기. 그 첫 시작은 어쩌면 마음을 굳게 먹는 일일지도 모르겠다. 어떤 상황에서도 의연하게 대처하는 마음가짐 말이다. 세상은 언제나 참신한 방법으로 우릴 쉽게 괴롭혔으니까. 그럴수록 우직하게 나아가야 한다. 쉽지 않은 길을 걷는 만큼 오롯이 선택의 중심에 있을 것이다. 무엇을 이루고자 하느냐에 따라 인생은 바뀌어 가는 것뿐이다. 누구나 동일한 시기를 사는 것도 아닌데, 이때가 지나면 무엇이 되어 있어야한다는 소리에 주눅들 필요 전혀 없다. 과거에도 그랬고 지금도 앞으로도 쭉, 오직 자신으로부터 인생이 결정되고 있으니 말이다. 현재를 충실히 살아가자. 끊임없이 오직 현재만을 위해서.

어둑한 너의 미래 속 찬란한 빛 한줄기를 잡는 법. 그리고 나부터 행복해지는 것. 마음을 단단하게 먹을 때 기다렸다는 듯 하나씩 실현될 것이다.

잘하고 있다. 이 말을 증명해 보이지 않아도 근거로 서너가지 이상 제시하지 않아도, 우리 모두 잘해내고 있다. 사람 관계나 마음의 일이 어찌 한 번의 결과물로 나올 수 있겠는가. 하고자 하는 일과 좋아하는 일을 돈이라는 가치로 한숨에 정의 내리기 너무 아깝다는 생각이 들지 않는가. 그런 것 개의치 않은 채 잘하고 있다고만 믿자. 과일의 씨앗이 몇 개 들었는지 알 수 있어도, 그 씨앗에서 과일이 얼마나 열릴지 그 누구도 모르는 법이니 말이다. 잘하고 있다. 지금이라도 그 열매를 한입 베어 물고 어딘가로 멀리 던져버리자. 잘하고 있는 것 같지 않아도 잘하고 있다는 말의 참뜻은, 덜 잘하고 있어도 천천히 잘 되어가는 중이니까. 다짐이라고 생각해도 좋다. 스스로를 향한 응원과 위로라 생각해도 좋다. 애써 말의 객관을 세우지 말고 의구심마저 품지 않으면서 나아가자. 잘했다. 더 잘될 것이다.

열심히 살 필요 없다니,
그런 헛소리가 어디 있어요?

마스크 없이 외출하기 불편한 요즘이지만, 돈 없이 외출하는 건 코로나 19가 터지기 전에나 후에나 변함없다. 그래서 "열심히 살지 않아도 돼." 같은 말은 돈 없는 사람 이뤄야 될 꿈이 있는 사람들에게는 그저 배짱 한번 두둑한 허세에 불과하다.

밤새 원고를 쓰다 정오가 되어서야 잠에서 깨어난다. 뒤늦은 스트레칭을 하고 식사대용으로 뭐 먹을 게 없나 냉장고를 열어본다. 냉동식품으로 나온 볶음밥들. 요즘에는 조리하기 쉽게 밥이 잘 나와서 좋은 것 같다. 가위로 대충 잘라서 그릇에 가지런히 담고는 3분가량 데우면 완성이니 말이다. 하지만 발달된 문명의 이기는 인간의 고생을 덜어주는 만큼 잡생각을 하게 만들어서 문제다. 경제적인 여유가 따르지 않는 여유는 하찮은 방종에 지나지 않은 것처럼 말이다. 이를테면 그간 인생에 대해 형편없는 자화상을 그리고 있다고 할까. 사실적인 인체묘사를 요구하는 자리에서 화가도 아닌 녀석의 어설픈 추상화가 대사처럼 그려져 있다.

"내가 지금 밥 먹을 가치를 하고 있나?"
"아냐 그것보다… 나는 밥 먹을 자격 있는 놈일까?"

글만 보면 한동안 현자타임을 보내고 있을 것 같다. 현실은 다르다. 밥 한 숟갈에 유튜브 영상을 보며 실실 웃는 모습을 관찰할 수 있기 때문이다. 인생은 멀리서 볼 때만 비극 그 밖에는 희극인 것이다. 물론 이 사실조차 여러 의미로 초탈한 사람은 비극조차 블랙 코미디로 소비할지 모를 일이다. 적어도 나 같은 사람은 그런 부류가 못 된다는 사실. 빈곤에 허덕이는 상태도 아니지만 풍족하게 사는 것은 또 아니기에 어중간한 기분을 지우기 어려웠다. 복권에 당첨되지 않은 이상 작고 귀여운 월급을 아끼고 보듬고 있어야 했다. 그러한 예견된 사실만으로 웅장해지면서 가슴 한구석은 시린 대합주의 연주가 시작된 기분이었다.

그래서 열심히 살지 않아도 괜찮다는 말을 개인적으로 싫어한다. 요즘 내 삶은 시궁창으로 곤두박질쳐 넘어지는 중인데, 그럼 열심히 살지 않으면 누가 삶을 책임져주나. 아차, 드는 생각도 있었다. 모두들 그렇게 살아가는 것일까? 200 조금 안 되는 월급을 생각하느라, 200씩 건물세를 받는 건물주의 억대 마음으로 지내보겠다는 자포자기 심정으로 말이다. 어쨌거나 나에겐 먹여 살려야 할 미우나 고우나 내가 지켜보고 있다. 나에게 무엇을 해줘야 이로울지 이미 알고 있지만, 고통스럽고 쓰며 답 없는 것에 대해서는 여전히 모른 채로 일관하며 산다. 열심히 살 필요 없다는 책으로 용기는 얻었지만, 빡센 현실로부터 탈출하기 위해서 정작 빡세게 사는 모두들. 평범해지고 싶어서 열심히 살고 있는 것이다.

살찐 통장 잔고에서 진정한 여유가 나온다.
코로나 팬데믹 이후
문화 경제 정치 세계사에 있어 변곡점에 있다.
건강한 삶을 위해 무엇부터 해야 할지
재정의해야 할 순간이 온 것이다.

그렇다면 내게 무엇을 해주어야 진정 옳은 것일까. 앞길을 가로막는 것에 조속히 해결책을 제시하고, 인생 매뉴얼대로 살기 위해서 문제를 정면돌파하는 게 좋지 않을까. 단순히 여행을 떠나고 싶다는 생각에서 그칠 게 아니라, 다음

여행 때는 이보다 더 고급진 음식과 숙소를 지불하는 사람이 되고자 어떠한 경제적 노력을 펼치는 삶이 훨씬 생기 있지 않은가. 있는 그대로의 것을 사랑하는 미니멀리즘보다, 빈 행복의 수납장을 하나 또 샀을 때 그 행복은 장기적으로 이롭지 않은가. 만 원 짜리 커플링을 주면서 사랑하는 사람을 펑펑 울리는 것보다, 양질의 값어치 있는 선물을 하는 것이 모두에게 낫지 않은가.

우리가 열심히 살아야 하는 이유는 생존과도 직결되어 있다. 매슬로우가 주장한 욕구단계이론을 사회에 적용해보면 알 수 있다. 욕구의 순서에 따라 생리적 욕구, 안전 욕구, 애정 욕구, 존경 욕구, 자아실현 욕구 5단계로 분류된 것을 보고 있으면, 욕구는 날 때부터 있는 것으로 행동을 일으키는 동기가 된다. 코로나 여파로 실직한 주변 이들 사연을 듣고 있으면 더더욱 말이다. 동기부여는 고사하고 좌절과 불안부터 겪어야 함을 알 수 있다. 안전 욕구(경제적인 욕구)를 충족하지 못할 때, 모임에 선뜻 가기 힘든 것처럼 사회적 욕구와 더불어 존경 욕구(자기존중 욕구), 자아실현의 욕구까지 삼중으로 결박된 불안을 우리는 느껴야 한다.

단순히 도피하고 적게 만족해서 충족하고 사는 삶이 어쩌면 정답이 될 수 있다. 하지만 사회 구조적 변화 앞에서 그저 미봉책에 불과할 것이다. 실질적으로 어떠한 노력을 가하지 않으면 삶의 방향 전환을 꾀하지 않으면 적어도 우리 삶은 형편없이 무너질 것이다. 열심히 살아야 한다. 열심히 살아가야 한다. 시련이 있다면 돌아가지 말고 정면돌파해야 한다. 잠시 쉬어 가는 중이라면 도피의 계획이 아닌 재충전의 계기로 삼아보자. 내가 무엇이 부족한지. 무엇을 잘못 생각하고 있는 건 아닌지.

노잼 인생,
월급 찍히는 것이 유일한 낙

이제는 특별한 일 없으면 잘 웃지 않는다. 그러거나 말거나 화도 내지 않는다. 인정하고 싶지 않지만, 인생이 그냥 재미없다. *노잼 인생. 왜 이렇게 내 인생이 망가졌을까. 인생을 한번 통째로 복습해봤다. 대학교 전공을 선택할 때에도 기왕이면 공대. 무슨 회사에 들어갈지 계획을 세울 때도 무조건 공기업. 이유는 생각하는 일이 귀찮아서. 남들이 좋다고 하는 길은 이유가 있는 거니까. 선택에 대한 주관적인 근거가 없는 것이 그 이유였다. 그보다 나는 왜 이런 선택을 해야만 하는가. 잘할 수 있는 일은 무엇이 있을까. 진정 좋아하는 일이 맞는지 아닌지 같은, 좀 더 근본적인 질문부터 던져봤어야 했다.

---

*노잼: No와 재미의 합성어, 재미없다는 뜻의 신조어

선택에 대한 이유가 매우 가볍다 보니 해가 갈수록 지쳐만 가는 것이 아닐까. 그렇다면 나는 무엇 때문에 이리 열심히 살아왔나. 무엇 때문에. 그것에 대한 이유도 돌아보니 뭐 하나 내세울 수 있는 게 없다. 그냥 허울뿐인 인간이었다. 아주 가벼운 마음으로 미래를 선택했을 때, 이를테면 취업이 보장된 길이라고 여겨지는 길에 무심코 발을 디뎠을 때. 이리 치이고 저리 방황해본들 결코 완성된 어른이 될 수 없다. 내가 무엇을 진정 원하는지 관심 가지지 않는다면 말이다. 여태 준비해온 것은 많은데 어른이 되는 준비는 아무것도 하지 못한 우리. 누가 그렇게 살라고 강요했나. 아니면 해야 될 것만 쓸데없이 많아서, 그동안 자아탐구에 소홀히 한 결과일까.

지금이라도 늦지 않았다고 생각하고 싶다. 세상을 살아갈 때 이제부터라도 자주적인 눈을 가진 사람이 되어야겠다는 생각을 했다. 기계처럼 [누군가 입력한 목적 - 실행 - 출력한 결과] 그런 삶이 편하기도 하겠지만 말이다. 할 것도 많은데 괜히 시간 낭비하는 것 같아도 말이다. 앞으로도 인생이 이처럼 반복되어 움직인다면 종국에는 무척이나 끔찍할 것이다.

우린 공장에서 찍어 나온 상품들이 아니다. 소모품이 되어서는 안 된다. 유일한 인생을 살아갈 것. 나만의 가치를 두며 살아갔으면 좋겠다. 흔히 말하는 성공의 가이드라인에 끌려다니지 말고, 인생의 주도권을 바로잡고 살아간다면, 상품이 아닌 나를 위한 삶을 나에게 보여줄 수 있을 것이다.

자주 행복해야 좋은 인생

주말이 좀 더 길었으면 좋겠다. 아니면 주 3일 정도 금, 토, 일은 쉬었으면 한다. 자고 싶을 만큼 푹 자고, 뒤늦게 일어나 암막 커튼을 걷고 기지개를 켠 뒤 빈둥대다가 밀린 집안일도 하고 싶고, 아직 해가 지지 않았으면 햇빛 좋은 공원으로 쏘다니고 싶다는 말이다. 낮에만 그럴까. 저녁 약속을 잡고 좋아하는 사람과 식사부터 커피까지 나누고 싶은 대화가 얼마나 많은지. 음악을 들으며 하는 취미 생활은 얼마나 꿀잼인지!

주말이 금, 토, 일이어야 하는 이유는 다음과 같다. 금요일 토요일은 활동적인 하루를, 일요일은 안식일을 가져야하기 때문이다. 놀고 싶은 마음마저 발산해야만 하는 행복의 이유. 그럼에도 불구하고 아무것도 하지 않는 날이 꼭 필요한 회복의 이유에서 말이다. 근육을 찢고 충분히 쉬어야 하듯, 우리 인생에 정적인 일은 무조건적으로 필요하다. 생존을 위해서 아등바등 살아가되 '잘 놀고 잘 웃고 잘 쉬는 것'만큼 중요한 것은 없다.

그 정도 기간이라면 여행을 가도 참 좋을 텐데 말이다. 가까운 도시라도 좋으니 돈만 가지고 무작정 떠나는 여행도 괜찮겠다. 여행이 아니어도 여행의 의미를 주는 것 말이다. 이를테면 기차로 1시간 거리에 사는 친구를 위해 3일 정도 되는 기간 안에 여유롭게 만나고 오는 것. 구름 위를 살포시 걷는 듯한 낭만과 함께 행복에 대한 이야기도 충분히 할 수 있을 것 같아서 말이다. 내어준 시간만큼 행복할 수 있는 거니까.

진정한 여유는 통장 속 잔고와 충분한 시간, 그리고 이를 나눌 수 있는 적당한 취미에서 나온다고 본다. "현실이 녹록지 않으니 주말이 좀 더 길었으면 좋겠다는 생각 따위 하는 거겠지." 같은 말로, 주어진 환경 내에 내가 할 수 있는 것에 생각해 본다.

살아보니 행복 별거 없다. 때가 될 때 좋은 친구 만나고, 맛난 음식 먹으러 가고, 재밌어 보이는 거 누리는 거다. 마지막에 웃는 사람이 성공한 인생 아니고, 웃을 수 있을 때 잘 웃는 게 '찐성공'이다. 행복은 쌓는 게 아니라 그저 누리는 것. 걸을 수 있을 때 예쁜 곳 많이 다녀야 한다. 죽을 때는 빈손으로 가는 거잖아. 돈도 시간도 행복도 사랑도 쓸 수 있을 때 아낌없이 써라. 삶은 후회를 지워나가는 일의 연속이다. '다 갖췄을 때 행복하자' 말고 순간순간 누리며 최대한 행복하게 살 것.

이게 어떻게 돈 낭비로 보여요?
행복소비지

　한껏 처지고 우울함에 정신을 못 차릴 때 카카오톡 이모티콘을 사는 버릇이 있다. 개인적으로 *다람이를 제일 좋아한다. 이번 달은 돈 여유가 좀 있겠다. 이번 기회에 왕창 쟁여 둘까 싶다가도 나중에 내가 불행함을 느낄 때 소비할 수 있는 게 아무것도 없으면 어쩌지? 하는 생각으로 과소비하려는 것을 멈추곤 한다. 기껏해야 개당 삼천 원 내외의 이모티콘이지만, 다람이가 주는 행복 가치는 갑절 그 이상이기 때문이다. 다른 것이 주는 행복과는 비교가 안 된다.

　유독 다람이를 고집하는 이유가 무엇이냐고? 다람이는 특유의 오도방정 이미지가 있다. 하기 싫음을 온몸으로 표현해내는 제스처들은 나로 하여금 대리만족을 끌어내곤 한

---

*다람이: 재수(만화가) 작가님의 다람쥐 캐릭터

다. 일하기 싫을 때 내 맘을 대변해주어 힐링이 된다고 할까. 비슷한 맥락으로 웃을 때 지그시 보이는 하얀 덧니와 풍성히 나온 볼살은 볼 때마다 귀여워 죽는다. 일상에 지친 사람을 웃게 만드는 힘이 깃들어 있는 것 같다.

동류의 귀여움을 지닌 이모티콘도 물론 많을 것이다. 하지만 이처럼 구체적으로 애착을 가질 기회가 쉽게 생기지 않는다. 바쁜 내 일상 조그마한 여유도 없으니 말이다. 그래서인 것 같다. 한 번에 몽땅 사버리지 않는 이유. 어쩌면 오래오래 평온함을 유지하고자 하는 바람에서 비롯되었을 것이다. 적절한 때에 소비할 수 있다면 오래오래 행복할 수 있을 테니까. 행복은 단순해질 때 가장 높은 가치를 끌어낼 수 있다. 특별한 자극 없이 그렇게 일상 속 무언가를 소중히 여길 때 인생은 달라질 것이다. 익숙함에 지나친 행복, 풍요로움이 낳은 공허한 마음은 소소한 단단함으로 거듭날 것이다.

그렇게 우리 모두 인생의 주안점을 '완벽'이 아닌 '행복한'이나 '즐거운'을 두고 살아가길 바란다. 완벽하지 않아도 그런 자신의 모습이 예뻐 보여서, 완벽하게 사는 것이 아닌 행복하기 위해서 살아가는 태도를 희망하고 있을 것이다. 삼천 원짜리 이모티콘이 아니어도 몇 만원 짜리, 그때 그 예쁜 꽃 구매할걸. 그때 온전히 나를 위해 살 것을. 꽃은 시들고 어쩌면 괜히 샀나 싶은 후회가 들어도 말이다. 행복을 사는 순간만큼은, 꽃을 보고 있는 순간만큼은 행복했다. 마치 우리 인생처럼 완벽하게 살지 않아도 행복하게 살아가는 우리 모두가 되기로 하자.

인생은 실전이다,
쉬운 일 하나 없다

원고 작업을 하다 생각이 무거워진다고 느끼면, 요즘 유행 중인 노래를 들으며 무겁기만 한 생각을 내려놓곤 한다. 하고 싶은 일을 하려면 그 꿈을 이루고 싶은 간절함보다 노력이 더 중요하다고 생각한다. 그리고 꾸준히 노력하기 위해선 지치지 않고 이 일을 계속 좋아할 수 있도록 나만의 감정과 속도를 유지해야 한다.

요즘 이상한 습관이 생겼다. 재생 목록에 노래를 저장해놓지만 아무 때나 찾지 않는다. 정말 힐링이 필요한 순간에만 재생 버튼을 누른다. 글을 쓰기 시작하면서 저절로 배인 습관이다. 아무나 붙잡고 "나 힘들어요." 속사정을 털어놓을 순 없으니 개인적으로 유용한 방법이라 생각한다. 위로가 필요할 때 감성으로 어루만져주는 음악의 힘은, 고요함 속에서 사람을 담담하게 만든다.

글쓰기를 계속하고자 한다면 자신만의 방법을 찾아야 한다. 쉽지 않겠지만 열정이 꺼지지 않고 꾸준히 나아가기 위해서는 매번 길을 트고 방향을 찾아야 한다. 무얼 하며 살아야 할지 어떻게 살아야 할지 심지어 내가 누구인지까지 고민하는 일. 정신적으로 소모가 얼마나 심하겠는가. 그럴수록 방법을 찾아야 한다. 살아내는 동안 꾸준히.

글쓰기와 유사한 형태인, 인생을 살아가는 데 있어서 이러한 자세는 매우 중요하다고 생각한다. 우리가 항상 고민하는 것들, 왜 있지 않은가. 이를테면 내가 원하는 삶을 사는 것. 하고 싶은 일을 하면서 사는 것. 삶의 의미를 찾으면서 사는 것처럼 말이다. 어디 하나 쉬운 일은 없을 것이다. 하지만 포기하지 않고 끝끝내 의미를 찾아간다면 그 삶은 분명 가치 있을 것이다. 그러니 나처럼 음악을 들으며 잠시 쉬어 가든 만남을 통해 맘을 녹이든, 어떤 방식이든 괜찮으니 말이다. 나만의 방법을 찾아가자. 지금 아니면 할 수 없는 것들을 위해서.

종종 삶의 의미를 찾는 법에 관해 궁금증을 표하는 사람이 있다. 삶의 의미를 찾는 법은 어쩌면 사소한 것에 있을지 모른다. 현재의 삶에 가치를 부여하면 되니 말이다. 요즘 내가 하고 있는 일, 앞으로 하고자 하는 일에 대한 계획에 사소한 이유라도 달아보는 것이다. 이를테면 "돈을 많이 벌기 위해서 혹은 '경험'이라는 삶의 밑천을 마련하기 위해 이 일을 끝내 보자."같은 다짐 말이다. 피상적인 생각들이 노하우라는 제련 과정을 통해 의미를 만들어줄 것이고, 지쳐 포기할 때쯤 성장 동력이 되어줄 것이다.

당신이 무조건
달라질 수 있는 법

1. 정말 큰 적은 나 자신이다

이겨내야 하고 극복해야 되는 대상은 오로지 나 자신이다. 게으름에서의 한판, 좌절에서 벗어나기 위한 승부. 승리를 거듭하며 단단하게 성장해 나가는 것이다. 인생은 그래서 어찌 보면 나와의 싸움의 연속이다. 더불어 살아가는 듯해도 각자의 세계가 다른 것을 보면 알 수 있다. 모든 문제의 답은 나에게 있다. 나와의 싸움에서 지는 사람은 세상 그 어떤 것도 누릴 수 없는 처지가 된다.

2. 끝까지 가는 것이 중요한 것

어떤 목표가 있으면 죽이 되든 밥이 되든 결과를 거머쥐는 습관을 가져야 한다. 사소한 일이라도 '끝까지 가 본' 경험은 매우 소중하다. 더 큰 일을 해낼 때 탄력과 일부 끈기를 주기 때문에 말이다. 한 번 포기하면 계속 포기하게 된다. 조금만 두려워도 내뺄 준비부터 한다. 결과가 초라해도 끝까지 갔기에 패배가 아니니까. 포기는 배추 셀 때나 하는 말이라 여기며 계속 가 봤으면 좋겠다.

3. 안 된다고 하는 사람과 거리 두기

결과는 아무도 모른다. 과정 속에 보이는 것들은 예측이지 결과적으로 진실이 아니다. 사람들의 충고 또한 그들 인생에 적용되었을 때 옳은 거지, 내 인생에 답이 아닐 수 있다. 그러니 안 된다고 단정 짓는 태도는 주변의 말은 배제해야 한다. 아울러 노력이란 노력은 다 해 봤다고 하거나 특별한 이유로 접었을 때 '안 된다'는 표현을 쓰는 것이다. 그러니 안 된다는 말을 들으면 참고하되 흔들리지 마라.

4. 성공했을 때의 모습을 설정해 둘 것. 주기적으로 이를 상상할 것

내가 바라고 있는 미래를 꿈꾸는 태도는 힘겨운 레이스에서 고통을 줄이는 효과를 준다. 단단하지 못한 사람도 의지를 다지는 계기를 마련한다. 가지지 못한 사람도 부유해질 수 있다는 희망을 심어 준다. 꾸준하지 못한 사람도 실천적으로 계속 나아갈 수 있도록 한다.

5. 패배주의에서 헤어나지 못할 때는 한숨 푹 자는 것이 답

아무 이유 없이 기분이 침전되고 일의 진행이 더딜 때가 있다. 내가 잘못해서 아니라 몸도 마음도 지쳤기 때문이다. 방전이 되었구나 생각하며 고장 나지 않도록 안정에 집중하자. 다른 사람보다 부족하다 뒤처지고 있다며 조바심내지 말고 말이다. 너무 힘들면 그냥 그 손 놓아도 된다. 쉰 만큼 탄력을 받아 더 빠르게 달려가면 된다.

나를 위해서
시간을 쏟는 일은
인생 낭비가 아니다

하고 싶은 일을 하며 안정적이진 못해도 심장이 뛰는 기분만큼은 좋았는데 말이다. 요즘같이 마음도 돈도 궁할 때는 눈에 보이는 일거리부터 닥치는 대로 움켜쥐게 된다. 눈은 점점 새파랗게 변해가고. 남들처럼 살아도 좋다, 우선 살아남자. 단지 이 생각뿐이다. 살아남는 길이 하고자 하는 일을 계속 이어가는 길이니까. 경제적으로나 심적으로나 여유가 있어야만 한다. 그래야만 하고자 하는 일이 오직 돈을 위한 일로 변질하지 않을 테니 말이다.

그러려면 적당히 살아서는 안 되겠더라. 일단 무조건 열심히. 남들보다 일찍 일어나는 삶을 살아야 할 것이다. 업무에 치일 때는 일출을 두 번 보는 삶을 감수해야 할 것이고 어쩔 땐 욕심 내지 않은 척 조신한 면도 보여주어야겠지. 그러면서 돈벌이 앞에서는 위험을 불사하는 이중적인 면도 보이기도 하면서 말이다. 아등바등. 담백하게 살아가지 못하다 보니 성격도 안 좋게 변한 것 같다. 하지만 사람들은 다 괜찮을 거라고 말하곤 한다. 결국에 살아남는 사람이 무엇이든 다 거머쥐게 될 거라면서. 정말 그럴까. 한편으론 걱정이 되네.

먼 훗날 내가 좋아하는 일이 무엇이었는지 도무지 기억 안 나면 어떡하나. 돈 벌고 퇴근하는 맛으로 살다, 여가활동만이 유일한 삶의 낙이라 여기면 어쩌지. 나를 잃는 것이 두려운 것이다. 여전히 소중한 나의 꿈. 목표를 향해 당장은 뻗어 나갈 수 없어도 꿈을 포기하지 말자. 이를테면 원데이 클래스를 신청하거나, 하루 중 한 시간이라도 자기계발에 시간을 쏟아내면서 끊임없이 방법을 찾아 나가는 것이다. 아무것도 하지 않고 쉬는 게 좋지 않냐고 물어도 소용없다. 이미 그럴 새 없이 마음이 메말라가고 있기 때문이다. 좀처럼 생기를 보이지 않는다. 나를 위해서 살겠다. 나를 위해서 시간을 쏟겠다.

모든 건 지나가게 돼 있어. 요즘 같은 때 날이 서지 않고는 못 버틸 정도로 힘이 들 때가 많지. 그러나 바쁜 시기도 그 속을 무엇으로 채우든 상관없이, 지나가는 시간 앞에 무력해지는 법. 이를테면 처음엔 내 힘으로 도저히 불가능하던 일들이 시간의 조력 앞에 입장을 바꿀 준비를 할 거야. 그러니 지나가는 일들에 속상하게 마음 버리지 말자. 다시 올 예쁜 날들을 맞아 새 단장을 해야지.

행복해지는
세 가지 방법

한 번뿐인 인생이다. 마음이 원하는 만큼 행동하자. 사랑하는 사람들과 내 일을 사랑하며 행복에 가까운 삶을 끊임없이 추구하며 살자. 이 중 마음이 원하는 대로 산다는 것만큼 괜찮은 표현이 또 있을까. 틈틈이 행복을 느끼며 때론 그 행복을 배우고 기록하며, 여행 다니듯 살다 보면 마음이 평온해진다. 타인을 사랑하면서 아팠던 적은 많은 것 같은데, 나 스스로를 사랑하면서 불행했던 적은 별로 없는 것 같다.

타인을 의식하면서 살다 얻은 건 마음의 병 그리고 난이도가 올라가듯 사랑에 달리는 무수한 조건과 강박뿐이다. 다시 나를 위해 무언가를 시작해보자. 여행도 가면서 말이다. 나 자신을 위한 예쁜 선물도 하면서 말이다. 그간 사람들에게 받은 상처를 털어내는 과정이라고 여기면서 새롭게 시작하자. 쌓아 올린 마음의 벽들을 청산하며 다시 새로운 시작을 해보는 것이다.

행복해지는 세 가지 방법. 첫 번째, 스스로 아낌없이 사랑해주기. 두 번째, 혼자만의 시간 누리며 잃어버린 시간 되찾기. 세 번째, 인간관계에 있어 미니멀 라이프를 당장 실천하기. 이 세 가지를 아우르는 것은 나 자신을 어여삐 여기며 무한한 애정을 쏟는 것이다.

자신감을 가질 것
자존감을 높일 것
자기다움을 지킬 것

　자신감을 가져. 얼마든지 해낼 수 있어. 그런 의미에서 어여쁜 얼굴, 자존감 높일 예쁜 문장들로 당신만의 유일한 배우가 되어볼까. 앞으로 너는 무한히 발전만 할 것이며, 아직 피지 못한 꿈 누구보다 활짝 피울 거야. 그렇게 유난히 좋은 일들만 끌어당겨. 이내 주체할 수 없는 기분이 꽃을 실은 돛단배를 만들어줄 게 분명해. 주변 사람들은 물론 너 자신마저 깜짝 놀랄 만큼, 엄청난 사람이 돼 있을 거야.

　무엇보다 너에게 해주고 싶은 말이 있는데 말이야. 너 자신을 꼭 챙기며 살았으면 좋겠어. 자신감 혹은 자존감을 지킬 최소한의 마음 근육, 이른바 자기다움을 지키며 살길 바라. 현재 품은 꿈과 열정, 한층 너를 멋지게 만들어줄 거고 성숙해진 꿈과 올바르게 확립된 자아로 인해 분별력을 가지고 더욱 멋진 어른으로 성장시킬 거야.

지금까지 많은 사람이 이 고된 가시밭길을 걸어갔어. 끝끝내 만개 절정을 이루어 더 높은 가치를 찾아 새롭게 출발했다고 전해지지. 너의 역사 또한 그러할 운명인 거야. 곧 마주할 꿈 사이로 파스텔 색의 물감을 칠해보자. 그리고 삶의 문턱마다 말해줄게. 고생했어, 말고 오늘 하루도 소중했어.

너에게 필요한 말,

자신감을 가질 것.
자존감을 높일 것.
자기다움을 지킬 것.

괜찮아요
천천히 잘될 겁니다

나라면 이 일을 언젠가는 무조건 분명 이뤄낼 수 있다는 무한정 신뢰를 갖도록 하자. 고생할 미래가 훤히 보이더라도 도착 지점을 정해 두었다면 끝까지 걸어가는 게 중요하다. 그러니까 도달하기 위해서는 잘하고 있다고 믿어 의심치 않는 자세가 필요하다는 뜻이다. 프로젝트를 성공적으로 마치기 위해서는 할 수 있다는 신뢰의 틀을 쌓아 두어야 한다. 더도 말고 덜도 말고 그저 믿음으로 말이다. 또한 그렇게 하는 것이 현 상황에서 가장 최선일 것이다.

아무것도 성취하지 못했다는 건 제로에 가까운 상태로 되돌아가기 쉬운 상황이니, 잘할 거야 잘하고 있어 끊임없이 맘을 재정비하는 게 중요하다. 믿음이라는 건 마음의 울타리를 세우는 일이다. 잘 세우면 따가운 시선과 쏟아지는 의심으로부터 나의 신념을 지켜준다. 하지만 잘못 세우면

온갖 아프고 매운 것들을 흘려보내지 않고 가득 머무르게 하는 둑이 된다.

실현 가능한 일인가. 돈이 되는 일인가. 수많은 검증 속에 꿈을 단상 위로 올려야만 하는 순간이 올 것이다. 터무니없이 우주정복, 일확천금. 그런 것들이 아니라면 적어도 힘주어 말할 수 있다. 어떠한 꿈이든 체계적인 목표가 있고 몇 해 앞서 종사 중인 사람들이 있다면 수익적인 부분이나 안정성은 더는 걱정할 필요 없다. 당신과 그 사람들이 일을 그만두지 않는 한 불씨는 꺼지지 않고 타오를 테니까. 이 분야의 선도주자로서 미래를 보장해 나가고 있는 사람들이니 말이다.

그러니 앞으로 무엇을 더 해나가야 할지에 대해 고민하는 것이 급선무가 될 것이다. 일에 집중할 수 있게 일 자체에 대한 생각으로 가득 채우자. 믿음을 어떻게 세웠는지에 따라 성과는 다르게 나타난다.

끝으로 무언가를 이룩하고자 할 때에는 말수를 줄이고 생각은 깊게, 행동은 앞세우는 게 좋다. 아무것도 성취하지 못한 상황에서 '이거저거 다 해낼 거야.'라며 포부만 잔뜩 풀어놓으면 듣는 사람들은 그런 생각을 한다. '저 친구

망상이 좀 지나치네.' 김칫국부터 마시지 말고 현실을 보자. 결과로 보여주는 데 3년이 걸릴지 4년이 걸릴지 모르는 마당에 부정적인 것에 이목이 집중되면 좋을 게 없지 않은가. 더구나 꿈이라고 하는 것은 시간이 지날수록 때를 타기 마련인데, 그러한 생각들에 동화될지 모른다. 백 명의 사람이 안 된다고 단정 지을 때 '글쎄, 나는 될 거 같은데?' 속으로 내뱉음과 동시에 행동으로 밀고 나가는 우직함. 그것만이 당신이 필요로 하는 자세다.

느리게 가는 것에
불안을 느낀다면

인생의 여러 분야에서 소위 '탁월한 성과'를 내기 위해서는 단순히 빠른 속도만을 맹신하기보다 느리게도 갈 줄 알아야 한다. 이를테면 우리는 역사를 통해서 쉽게 접할 수 있다. 한강 기적이라 일컬어지는 대한민국의 산업화. 이를 촉진시킨 여러 요인 중 하나는 한국인의 오랜 국민성인 '빨리빨리' 문화다. 지금의 대한민국이란 나라가 있기까지 어떤 나라와 비교될 수 없는 장점으로 작용했지만, 현재를 살아가는 우리에게 (글로벌화 되어 속도만이 정답이 아닌 시대) 이는 강박관념을 부여하는 일의 비효율을 추구하는 것에 지나지 않는다.

그럼에도 불구하고 느리게 가는 것에 대해 불안을 느끼는 사람이 많다. 아직까지 현실 사회는 문화 지체를 겪고 있는 소망적 사고관에 벗어나지 못하고 있기 때문이다. 그러한 상황 속에서 '느리다'는 '촉박하다' '부진한 성과를 보이고 있다'라는 의미로 해석될 수밖에 없다. 하지만 우리가 착각하고 있는 것이 하나 있다. 가시적인 성과만이 전부는 아니다. 고유한 마음으로 상황을 관망하는 것만으로 문제해결책을 제시할 수 있다.

본질에 가까운 삶을 사는 것. 다른 사람들 입장에서 느리게 흘러가는 것에 초점을 맞추시 말아야 한다. 이 속도로 흘러가는 게 처지에 맞으면 그것은 합리적인 걸음이다. 역습을 펼치듯 재빠른 동작을 보이는 것도 중요하지만, 대체로 느긋한 마음을 지니는 것이 중요하다. 고유하게 머무는 마음에 정량이라도 예측하듯 몇 시간이고 은밀히 노려보는 것 말이다. 그렇게 자신을 잘 알게 되면 느긋하지만 본질에 따라서 속공을 펼치는 사람이 될 수 있다. 나 스스로에 대한 본질을 찾는 행위지만, 결국에 일의 목적과도 닿게 되는 것이다. 절호의 찬스를 놓치지 않도록 긴장의 끈을 놓치지 않되, 인생의 주인으로 자리할 수 있는 사람이 되어야 한다.

절차를 세우는 것. 급할수록 절차를 지키는 것.
기본으로 돌아가라. 급하게 한다고 되는 것도 아니기에.

인생의 중장기 계획을 잡아보는 것 또한 하나의 구체화가 될 수 있다. 변화가 심한 시기일수록 기반을 다지듯 미래지향적인 투자로 말이다. 그러기 위해서는 6개월 치 로드맵을 작성 후 단기적인 계획과 성과들을 수립해두기만 하면 된다. 순차적으로 진행되지 않을 때 상시적으로 피드백을 제시함으로 진행 상황을 끊임없이 가다듬을 수 있다. 통찰력 있게 움직일 수 있다는 건 본질에 가까운 삶을 추구하는데 적지 않게 도움이 된다.

되게 고생했으니까,
내가 진심으로
잘 되었으면 좋겠다

승패와 관계없이 시작하는 것 자체를 두려워할 때가 많다. 가장 큰 이유는 지는 기분이 죽기도 싫었기 때문 아닐까. 일적으로 관계로 스트레스 받는 와중에 비까지 맞은 날, '도전하다'의 의미를 검색해보았다. 〈정면으로 맞서 싸움을 걸다〉. 이 기분은 뭐라고 할까. 각목으로 뒤통수를 후려 맞고 쓰러진 상태에서 복부를 수십 번 가격당하는 느낌이다. 직면한 사실이 아닌 상상의 파노라마만이 펼쳐진 것이 오히려 불편하다. 핵심만 전두엽을 집중 강타해서 머리가 찌릿찌릿. 가히 잘 만든 티저는 여러모로 인상적일 때가 많다.

하지만 이 사실은 분명히 말해주고 싶다. 우회적으로 돌아서 다른 해결책을 모색하는 것. 문제를 피하는 행위가 자신을 지켜주지 않을뿐더러 언젠가는 비슷한 승부에 직면하게 될 것이다. 기왕이면 말도 걸면서 말이다. "원수는 외나무다리에서 만난다고 하더니 이렇게 또 만났네 우리." 그럴 때 당신이라면 어떤 선택을 할 것인가?

행복도 행복 나름이다.
도피해서 얻은 안도감을 행복이라 할 수 있겠지만
도망만 잘 치는 사람은 커서도 그 정도밖에 안 되더라.
도전해서 남은 인생은 다른 사람으로 살아봐야 할 것 아닌가.

당신은 본래부터 나약한 사람이 아니라고 말하고 싶다. 탄생 시절로 거슬러 올라가 생존경쟁에서 살아남은 단 한 명의 사람이니까. 시작부터 주인공이었던 당신은 여러 재능을 겸비했다. 목표를 점 찍어 두고 엉뚱한 곳으로 새지 않는 능력. 수많은 고비를 포기하지 않은 정신력. 그렇게 탈 없이 이 세상에 빛을 가지고 태어났다. 그러니 이따위 문제들로 쉽게 무너질 당신은 결코 아니라는 것이다.

자신의 내재된 가능성을 믿어 의심치 말고 일단 한번 시작해봐라. 세상은 우리에게 견딜 수 있는 시련들만 준다. 스스로가 처한 현실이 제일 힘들다고 그러지만, 마음속으로 하는 불평은 얼마든지 팽창할 수 있다. 거의 대부분이 왜곡과 과장이 있기 마련이고, 포기하기 알맞게 '유혹하는 말'이 되어있을 소지가 다분하다. 마찬가지로 마음이라고 겪어보지도 않았으면서 잘 알 턱이 있나. 하기 싫지만 해야만 하는 일이 있을 때는, 그 어떤 소리에도 현혹되지 말고 도전해봐라. 막상 해보면 별것도 아닌 일이 허다하다. 세상은 우리에게 견딜 수 있는 시련만 준다는 말이 몇 가지 일을 겪어보니 사실이더라.

훗날 성공하게 되면 주저하고 있는 사람에게
당신 또한 용기를 주는 사람이 되길 바라며

그러기에 겪은 상처가 많다는 당신에게도 한마디 하고 싶다. 때로 졌지만 잘 싸웠다는 말을 건넬 수 있는 도전이란 것이 존재한다. 얼마나 굳은 각오로 임했는가. 정정당당한 승부를 벌이면서 성공의 노하우를 터득했는가. 솟구치는 결의가 현재 나를 얼마나 단단하게 만들었는가에 따라서 차후 도전에 관해 호의적인 방향으로 갈 수 있도록 한다. 어쩌면 당신이 겪은 이 상처들도 비슷한 경우로 작용하지 않을까. 지고도 그다지 잘 싸운 것 같지 않은 도전들도 역량을 응집하면 '졌지만 잘 싸운'이라는 수식어를 써도 문제없을 것이다. 기술적으로나 감각적으로나 일을 할 때에 숙련가가 될 자격이 지녔다는 것이다. 다만 두려움을 용기로 바꿀 수 있다면 말이다. 패배의 쓴맛을 자주 겪어본 사람에게 당신들은 그 누구보다 괜찮은 감각을 지녔으니 눈 딱 감고 한번 저질러 보라 말하고 싶다. 이전과는 다른 결과들을 보여주면서 "조금만 하면 더 잘하겠는데?"라는 말을 할 수 있는 날이 올 것이다.

지금 이 순간에도 당신의 인생은 달라지고 있다.
미래를 열어가는 사람이 되어가는 중이다.

삶의 목적은
'완벽'이 아닌 행복에 있는 것

매번 잘할 수는 없잖아요. 어떻게 사람이 늘 성공만 할 수 있겠어요. 잘 이겨내는 상상 몇 번 하면서 견뎌내다 보면 하루하루 달라져 있는 게 일반적인 삶인 거죠. 당신의 미래도 현실에 가까워지고 있는 당신의 여러 모습에 관해서도 말이에요. 잘 해낼 거라 믿어요. "2년 동안 과연 나는 무엇을 해냈을까?" 요즘 그런 생각을 많이 하고 있거든요. 분명하게 잡히는 생각은 없더라고요. 하지만 뭔가를 성취해낸 기억은 있는 듯해요. 넌지시 웃음 지은 기억은 사라지지 않고 여태 남아있어요.

그렇다면 나는 왜 그럴까요. 한줄기 햇살 같은 성공 뒤에 여러 차례의 실패를 겪고 나면 우울함이 익숙해진다고 하네요. 그러한 감정은 사람을 한없이 슬프게 하기보다 공허함과 조작된 기억을 앞서 선물한대요. 다시 한번 되짚어

볼까요. 그간 만족스럽지 못한 감정을 느껴온 것이 무엇 때문일지. 아쉬움이 겹쳐져 유독 우울한 감정에 쉽게 피로해진 건 아닌지. 그래서 나는 여태 얼마나 성장했을까? 자조적일 만큼 한숨만 내뱉고 있는 건 아닐지에 관해서 말이에요.

다시 생각해보는 게 어때요. 당신이 얼마나 의미 있는 사람인지요. 명백한 증거가 여기 있어요. 첫째, 당신의 미소는 누군가에게 성공적인 미래를 연상하게끔 해요. 둘째, 무언가를 위해 열심히 노력한 흔적이 여전히 얼굴에 배어 있어요. 요즘처럼 힘든 때일수록 희망을 품고 사는 버릇을 가지기로 해요. 온종일 눈보라가 매섭게 치는 때 사냥꾼이 임시 거처를 마련하듯 말이에요. 내 마음으로 홀연히 들어가선 예쁜 상상들을 장작 삼아 시련을 견뎌내 봐요. 마음을 녹이며 아픈 기억을 홀홀 털고 일어설 수 있게 말이에요. 잘할 수 있죠? 잘 해낼 거라 믿어 의심치 않아요.

눈보라가 친 뒤에 날씨가 흐려지는 것도 지나고 나면 잠시일 뿐. 이어 맑은 하늘이 세상을 반기는 것처럼 우리도 시련 앞에서 그저 지나가는 존재일 뿐이에요. 모든 건 지나는 시간 앞에 그저 무력할 뿐이에요. 그러니 "언제쯤 저 날씨처럼 나도 괜찮아질까?" 한숨 내쉬는 일은 그만했으면 좋겠어요. 비록 지금 상황은 최악일지 몰라도, 예쁜 무지개가 펼쳐질 것을 생각하면, 이내 우리 모습은 '샤랄라 랄랄라' 밝게 빛날 테니 말이에요.

저기 봐요. 하늘이 참 예뻐요. 눈보라는 그쳤네요. 받아요, 예쁜 선물.

나만 불행하다는 억울함에서
벗어날 것

한때 정말 친했던 친구로부터 그런 말을 들은 적 있다. "너는 그래도 하고 싶은 일 하고 살아서 좋겠다." 이 말을 한 애의 심정은 대충 이러했을 것이다. 꿈은 없고 마냥 놀러 다니는 게 좋은 시절 우리였는데, 이젠 너와 내가 달라졌네. 진지하게 계획을 잡고 달려가는 네가 부럽다. 그리고 시원섭섭함. 그래서 나도 솔직하게 말했다.

"사실 너에게 말하지 못했던 게 있는데 말이야. 솔직히 지금 이 길을 걷고 있으면서도 매일 파도였어. 전혀 행복하지 않았던 것 같아. 입대를 앞두고 우연히 발견한 뼈 종양. 그것 때문에 수술 날짜를 기다려야 했던 1년, 요양을 위해 보내야 했던 1년. 도합 2년을 허송세월로 보내고 나니 별로 살고 싶지 않았거든. 이미 전역한 애도 있고 복학을 앞둔 동기도 있던데, 정말 나는 아무것도 해 놓은 게 없었으니까. 열등감에 차올라 그나마 시작한 것이 글쓰기였어. 군대에 다녀오지는 않았지만, 다른 의미에서 나도 많이 힘들었어."

그러자 친구가 그제야 속 이야기를 꺼내더라. 자신도 군대에서 힘줄이 끊어지는 사고를 겪었다면서 말이다. 평생 다쳐본 적 없었던지라 어디에도 하소연할 곳 없고, 그런대로 살아간 나 자신이 돌아보면 원망스러워진다고 했다. 숙연해지는 찰나 마신 술 한 잔은 아무 맛도 느껴지지 않았다. 달지도 쓰지도, 그저 생각에 깊숙이 잠기게 할 뿐.

우리 모두 행복의 기준치가 다르다. 하여 상황에 따라서 행복이 되기도 불행이 되기도 한다. 또한 저마다 살아온 세계가 다르다. 행복을 끊임없이 의식하고 타인의 상처를 이해 못 한 채 보듬기만 하는 것을 보면 말이다. 사람은 가히 마음이 온전치 못한 존재구나 싶다. 하지만 사람은 자신의 기준에 빗대어 다른 이의 행복을 끊임없이 비교하려는 마음을 지녔다. 더 큰 불행이 엄습해올 것을 알면서도 멈추지 않는 것을 보면 말이다. 우리 모두 아픔을 안고 살아가지만 그러한 아픔을 끝끝내 밝히지 않는다. 다 큰 어른이지만 여전히 세상을 바라보는 태도에 관해선 그저 여린 존재들.

행복에도 감수성이 있다면 좋지 못한 쪽으로 가지 않도록 막아서는 태도가 필요하다. 타인의 면모에 쉽게 흔들릴지라도 그것이 겉으로 드러나는 단편일 뿐이라고 생각할 줄 알아야 한다. 각기 다른 상처를 가지고 사는 존재가 우리 모두라는 것을 알 것. 부러움과 시기 각자의 외로움, 이 모든 것이 파생된 곳은 단지 아무것도 없는 공허였음을 알기를 바란다. 이렇게 말하였지만, 여전히 다양한 아픔이 우리를 기다리고 있을 것이다. 또한 그 길은 무척이나 외로워서 그만 주저하게 될지도 모른다. 그럴 때일수록 생각하자. 타인의 행복 없이도 나는 의연해질 수 있다. 이 세상에 완벽한 것은 없다. 불행과 행복은 단지 감수성의 차이일 뿐이다. 본질은 바뀌지 않는다.

자아의 본질을 꾸준히 보는 습관을 들이기 위해서, 회복의 감수성을 달래기 위해서 다음과 같은 방법을 추천한다. 첫 번째, 남들보다 '뒤처진다'와 '앞서간다'의 이분법적 사고에서 벗어나자. '뒤처진다'는 상당 부분 타인을 의식하고 있다는 생각을 기저에 깔고 있다. 시작부터 자신을 삶의 기준으로 삼을 수 없다는 결론을 내포하고 있기 때문에, 의도적인 사고의 변환이 필요하다.

두 번째, 다음과 같은 생각을 하며 살아가자. "누구나 그에 걸맞은 고충을 안고 살아간다." 그것을 공공연히 드러내지 않았을 뿐, 마음속 불안을 감추며 살아가고 있다며 '나만 불행하다는' 억울함에서 벗어나는 것이다. 찾아오는 평정심과 더불어 생산적인 일에 효율적으로 힘을 쏟을 수 있다. 두 가지 생각 리셋을 통해 고요를 찾았다면 마지막 할 일은 바로 이것이다. 나를 기준 삼아 어떤 행복으로 채워갈 것인가?

보기 좋게
인생을 망쳐볼 것

어째 인생이 재미없다. 벌써 이러면 안 되는데. 큰 거나한 방 터졌으면 하는 바람이 적지 않게 사람을 흔든다. 인생을 엉망진창으로 보내는 것도 어찌 보면 재밌겠다고 느껴지는 순간이다. 그런데 나만 이러고 사는 게 아닌 듯하다.

통장에 월급이 찍히는 게 유일한 낙이라는 친구와 피시방에 다녀온 후로 분명히 알 수 있었다. 세시간 정도 게임을 즐긴 후 햄버거를 먹으러 가서는 예상된 시나리오처럼 "요새 왜 이렇게 피곤한지 모르겠다. 인생 진짜 재미없네." 누가 먼저 말했냐 그 차이일 뿐. 듣는 나나 말하는 친구나 초점은 구분 없이 흐릿했다. 그때 친구가 무미건조한 음성으로 건넸던 말.

"야, 그래도 내년은 좀 달라야 하지 않겠냐. 내년 여름까지 운동이나 좀 해서 사진 한 장 찍자. 그리고 바로 바닷가로 뛰어가는 거야. 이렇게 해서라도 정신을 차릴 수 있다면 얼마나 좋겠어."

그때 친구가 해준 말은 고마웠다. 조금만 버텨보자 따위 어색한 위로를 건네지 않고도, 용기가 생겼다고 할까. 이 기회에 마인드를 좀 바꿔보려고 한다. 망할 테면 망해보든가. 안 되면 되는 거 또 찾아서 살면 되지. 어느 정도 막무가내식의 인생을 살아볼 것이다. 어느 정도 내 멋대로 살아가다 보면 최소한 흥미를 잃지 않게 될지 모르니까 말이다. 나는 그동안 너무 규격화되었고, 생각들이 매우 단조로워졌다. 내 인생에 변화를 줘 볼 예정이다. 그리고 일-퇴근 속 내가 잊고 있던 일들을 다시 시작해보려고 한다. 오랜 친구들 만나 옛이야기로 웃음꽃을 피우면서 말이다.

인생 권태기를 치유하는 방법은 어찌 보면 간단명료하다. 늘어진 지금 이 마음을 팽팽하게 조이려고만 해서 어려운 거지. 단순하게 마음먹으면 쉬운 것이다. 옛 추억 속에 머무는 웃음을 되찾아오자. 친구를 만나 그때처럼 웃고 떠들며 향수에 젖다 보면 '우리 뭐 안 좋은 일 있었던가?' 싶을 것이다. 새로운 추억거리를 만들기 위해 친구와 여행을 떠나보자. 언젠가 인생의 권태기가 새로 찾아왔을 때 너를 버텨주게 할 것이다. 권태기라고 하는 것도 익숙해지면 결국 별거 아닌 것. 삶에 끊임없이 변화를 줘 보는 것이다.

인생이 그냥 따분하고 지루한 거로 치부될 때. 예전에는 재미난 일 설레는 일. 그런 것 참 많았는데 지금은 왜 그런가 자책하지 말자. 그때는 단지 무언가를 시작하는 단계였기 때문에 흥미진진한 일이 많았을 뿐이다. 삶이 흘러가는 과정 앞에서 아주 자연스러운 현상이다. 지금 이런 마음 상태는 단지 과정의 일부라 생각하는 건 어떨까. 그러니 권태기가 아니고 일종의 과도기라 생각하는 것이다. 그렇게 여기다 보면 살아남기 위해서가 아니라 성장하기 위해서 대안들이 세워질 것임이 분명하다. 더 밝고 큰 사람이 될 수 있다는 소리다.

윗글처럼 되려고 여행을 다녀왔다. 일상 탈출과 더불어 권태라는 굴레에서 벗어나는 기분이었다. 그렇게 2박 3일을 휴양지에서 보내고, 아쉬운 복귀를 했다. 당시 어떤 기분이었던가 나는. "출근하기 싫다." "반복된 일상, 에휴." 밀려오는 감정 기복에 좀처럼 웃을 수 없었던 것 같다. 일탈보다 일상을 가까이하는 우리이기에 여분의 마음가짐이 필요한 듯 보였다.

기분이 태도가 되지 않게 노력하자. 기분에 휩쓸려 쉽사리 오늘의 감정을 정하지 말고, 그 잣대를 나 자신에게 대지 않게 노력해야 한다. 힘들 때마다 무조건 버티라는 의미는 아니지만, 마음 근육이 커질 때까지, 나름의 해결방안을 터득할 때까지는 한번 있어 보라는 말이다. 그런 다음 기분 전환을 해도 좋을 듯하다.

비웃음으로부터
무력해지지 않는 법

원래부터 자존감이 낮은 사람은 없어요. 하지만 살면서 인간관계나 집안 환경으로부터 자의 타의 구분 없이 자존감이 낮아지는 것을 느꼈던 것 같아요. 왜 그런 생각을 했는지 모르겠는데요. 초등학생 때 포스텍에 들어갈 거라고 친구들한테 꿈을 밝힌 적 있거든요. 네가 거길 어떻게 들어가겠냐고 엄청 비웃더라고요. 그래도 속상한 내색은 하지 않았어요. 생각해보니 맞는 말 같기도 하고 성질도 좀 나서요. 그 뒤로 중학교 고등학교 거치면서 가장 자신 없는 과목은 바로 수학이었어요. 만약 그때 친구들이나 사람들이 조금 더 예쁜 말을 해주었다면 자신감을 좀 가졌을까요. 저는 뭐든 내색하지 않고 혼자 결정하는 주제에, 사람들 눈치는 또 엄청 보는 편이거든요.

물론 사람들의 탓을 하지는 않아요. 원래 타인은 타인을 잘 몰라 대부분 무례한 법이거든요. 내 인생을 얼마큼 안다고 이 사람들이 그런 대단한 소리를 지껄이겠어요. 가십거리 정도로 치부한 채 화제가 바뀌면 까맣게 잊어버릴 사람이 바로 그들이죠. 그래서 저는 일순간의 사건이 내 인생의 큰 획을 그었다고 생각하지 않아요. 뭐, 조그마한 사건이 어쩔 땐 커다란 계기로 작용할 수도 있겠죠. 하지만 그때마다 저항이라도 한번 해볼걸. 제가 생각해도 너무 무력했어요. 인생을 살면서 자존감을 낮추게 되는 일은 여러 가지 있겠지만, 스스로 저항한다면 단단히 자존감을 무장할 수 있다는 소리예요.

그들과 똑같이 유유상종으로 행동할 수도 있겠죠. 하지만 그건 단지 일시적인 것에 불과합니다. 그렇다면 진정한 저항이란 무엇일까요. 바로 이런 것들이죠. 네가 그걸 어떻게 하겠냐 비웃음 속에서 의지를 굳게 다지는 것. 대책을 세우고 그간의 노력을 보여주면서 목표한 바를 멋지게 이뤄내는 것. 꿈이라고 하는 건 대체로 이루기 힘든 것이니 도중에 실패해도 좋아요. 이미 찬란한 빛깔을 선보인 당신이라 사람들이 인정하기 싫어도 박수를 치게 될 테니까요. 그리고 좋은 방향으로 뻗어간 만큼 만족스러운 삶을 살고 있을 거예요. 도달하지 못해도 다른 좋은 곳에서 말이에요.

이 고통 다 지나간다,
이 시련 결국 벗어난다

그 무엇에도 흔들리지 않을
그 누구보다 떳떳한 사람이 될 것.

내가 부족한 사람이면, 내가 나를 평생 아껴주면 된다. 능력이 모자라 떠나간 사람들 때문에 억지로 달라질 필요 전혀 없다는 뜻이다. 그 무엇에도 흔들리지 않을, 그 누구보다 떳떳한 사람이 될 것. 그러려면 마음가짐부터 고칠 필요가 있다. 허해진 이 마음을 우선 자신의 사랑으로 채워주자. 오직 자신을 위한 용도로. 무럭무럭 자라나 내가 더 좋은 사람이 되고 싶을 때, 이 세상에서 그 누구보다 인정받는 사람이 될 것이다.

이 고통 다 지나간다. 이 시련 결국 벗어난다.
이 아픔 아무것도 아니다.

그보다 당신 훨씬 강한 사람이다.

오늘도 그댄 열심히 살고 있다. 그 대가로 뿌듯함을 느꼈을 거고, 빗물처럼 쏟아지는 피로의 누적감에 좀처럼 몸을 가누지 못했을 것이다. 하지만 괜찮다. 자고 나면 비구름은 갤 것이 분명하니까. 무지개처럼 펼쳐지는 찬란함이 시선에서부터 꽃놀이를 내어 보낼 것이다.

되게 고생했으니까. 진심으로 잘 되었으면 좋겠다.
지금 하고 있는 일이 모두 잘 풀리기를.
결국에는 모조리 보상받기를.

지금 비록 제자리일지라도 먼 훗날, 저 성공한 사람들처럼 우리도 저 자리 비슷한 곳에 앉아 다정히 웃을 날이 오지 않을까. 꿈에 열중했던 그 시간들은 허투루 흘러가지 않을 거다. 도담도담 쌓여 하나의 정상을 만들어낼 테니까. 오직 당신의 힘만으로 일구어 낸 찬란하게 빛나는 멋진 작품처럼 말이다. 그때나 지금이나 여전히 손은 참 따듯하네. 혹시나 상처받을까 곁눈으로 내려 본 굳은살이며 색이 바래진 작업복은 보는 사람으로 하여금 마음을 자꾸 아프게해. 여유가 있을 때 우리 이렇게 아주 조금 쉬어가자 했건만 현실은 녹록지 않았으니 말이다. 몸이며 마음이며 어디 하나 성한 곳이 있었겠는가. 힘들어도 괜찮은 척. 그렇게 몇 해가 흘렀을 뿐인데 고생 한 번 안 해봤다던 손은 왜 거짓말을 해. 그러니 "나중에 말이야. 여우비를 맞게 되는 날, 비행기 티켓을 꼭 끊을 거야." 농담처럼 했던 말. 그래. 지금부터라도 나 자신 하나만 생각하고 아껴주는 거다.

완벽하게 일하려고
나 혼자 고장 나지 말자

완벽하게 하려고 스스로 압박받지 말자. 아무리 열심히 해도 그들은 안중에도 없다. 왜냐하면 내게 일을 넘겨준 사람들 또한 누군가에게 일을 받은 사람이기 때문이다. 애초부터 자기 일이 아니기 때문에 잘하든 못하든 제때 넘겨주기만 하면 만사 오케이다. 그러니 괜히 나 혼자 완벽주의에 빠지지 않도록 주의하자. 내 일이 아닌 것은 뭐든 적당히.

나는 오늘부터 투철한 개인주의로 무장하기로 했다. 나는 그동안 일을 할 때에 '어느 순간이든 최선을 다하자.' 그런 마음가짐을 달고 살아왔는데, 이게 어떻게 된 일인지 일을 적당히 하는 저 선배보다 못한 대접을 받더라. 매번 그런 점이 불만이었다. 하루는 그 선배의 마감을 도와주고 술을 한잔할 기회가 생겼는데, 너는 융통성이 부족하다며 이렇게 조언해주더라.

"너는 행동이 굼뜨지 않아서 좋은데, 어딘지 모르게 어설퍼. 뭐든 계산하지 않고 달려드는 자세가 문제야. 생각해봐. 저 사람들도 월급 받는 낙으로 사는 사람들인데, 일에 대한 애착이 많아봤자 뭐 얼마나 있겠어? 저들도 욕먹지 않을 만큼, 딱 그만큼만 하며 살아가. 사회생활은 자기소개서가 아니다. 진면모를 보여주는 게 장기적으론 이득일지 몰라도 살아남기 위해서는 부분부분 보여주기식 업무도 필요한 거야."

시작부터 일을 잘하는 사람은 없다. 어설프게 표출해낸 열의는 잦은 실수를 불러와서는, 동료 직원들로부터 민폐를 끼칠 뿐이다. 아예 잘할 거면 모난 곳 없이 다 잘하거나. 그럴 자신 없으면 그냥 남들처럼 하는 게 좋다. 그리고 일을 잘하는 것보다 중요한 것이 바로 대인관계다. 나의 실수가 다른 사람의 실수로 번질 때가 간혹 있다. 경거망동해서 나쁜 인상이 심어지지 않길 주의하자. 그리고 진짜 내 일만큼은 온 마음을 다해서 하기로 하자. 소모품을 자처하거나 스스로 고장 나지 말자는 소리다. 진정 내 열정을 쏟아야 할 곳은 정해져 있다. 우리 몸은 튼튼한 무쇠 로봇이 아니기 때문에 다소 영민하게 살아야 한다.

나는 나로서
의미 있는 사람

　만화 영화 '둘리'에 나오는 *고길동이라는 인물에 별 감정이 없다가 언제부턴가 "둘리, 저 친구 좀 얄밉네." 그런 생각이 들었다. 인간 고길동을 향한 내 시선이 짠하다. 어른의 입장으로 감정이입이라도 된 걸까. 뭔가 위로의 말을 건네고 싶을 정도다. 살아내느라 많이 힘들진 않았는지요. 마음이 많이 고단했을 텐데 푹 쉬어요. 이렇게.

　지금 나는 고길동을 보며 어떤 어른을 상상하고 있는 걸까. 차마 어떤 어른이 되고 싶은 건가 하는 질문은 던지지도 못했다. 그런 걸 보니 참 많이 변해버렸구나 싶다. 요즘에 나는 싫어하는 것을 하지 않기 위해 좋아하는 일을 한다. 생존과 품위 그 사이를 유지하면서 근근이 먹고 산다.

---

*고길동: 만화 영화 '둘리'에서 가장 많은 수난을 겪는 등장인물

꿈을 포기하지 않고 여전히 꾸고 있지만, 결국 내가 좋아하는 일에서 상업적인 부분을 찾게 된다. 현실 앞에서는 고고한 자태를 유지할 수 없는 것이다. 찬란한 봄을 살았으니 뜨거운 여름 아래 속절없이 잎은 말라갈 수밖에 없다는 걸 직감한 나이. 세상은 그런 나를 어른이라 불러주더라.

　내가 되고 싶은 어른에 대해 나름의 정리를 해보았다. 책임감을 가지고 살아가는 사람. 지킬 것이 많아져 그만큼 마음이 무거운 사람. 빗발치는 감수성을 숨기고 마냥 이성적인 사람. 갈림길에 서 있는 난 그 어디에도 속할 수 없다. 여전히 아이처럼 감성적인 모습을 지녔기 때문이다. 그 시절 사랑을 떠올리게 하는 노래를 들었을 때, 이제 다시 만날 수 없는 그 사람 생각에 목이 잠기고 눈물을 훔치곤 한다. 귀여운 막내아들로서 여전히 부모님에게 어리광을 부린다.

　무엇을 아무리 노력하고 준비해본들 어른이면서 아이기도 한 나. 무엇으로도 정의 내리기 어렵다. 무엇으로 정의 내리기에 나는 어리기도 하고 어리지도 않기도 하기 때문이다. 나는 결국 나로서 의미 있는 사람이 되기로 했다. 보이는 모습에 좀 더 치중하기로 했다고 할까. 그러니까 어른 말고 사회인으로서 치이고 허덕이는 모습은 매우 당연한 것이라 생각하기로 했다. 이 혹독한 세상에서 살아남을 수 있을지, 여전히 물음표지만 꿋꿋이 버틸 것이다. 그러나 울고 싶을 때는 심곡을 터놓고 울어 대기로 했다. 이 세상에 필요 없는 사람 없듯 내가 꼭 무엇이 될 필요는 없는 것이다. 허상을 좇아 매너리즘에 빠질 바에 이런 나라도 사랑하는 것이 낫다.

말을 예쁘게 하는 사람을 만나요
그런 사람이 되어요

말을 예쁘게 하는 것은 중요하다. 같은 말을 하더라도 품격이 다르다고 할까. 그 상황의 분위기를 파악해서 건넨 말들은 배려의 향을 물씬 풍긴다. 내 마음처럼 나를 생각해 주어 어떻게 해야 행복해할지 잘 아는 것. 공감적이다는 표현을 넘어서 지능이 높은 사람이라 치켜세워도 무방하다.

아니 잠깐, 공감이면 공감이지 지능이라는 단어까지 합쳐 써야 하는 이유라도 있을까?

단적으로 연인 혹은 일반 관계에서 벌어지는 다툼을 예시로 들 수 있다. 공감적 지능이 높은 사람은 기분부터 내세우지 않고 문제의 본질부터 이해해서, 보다 과학적인 접근을 시도한다. 반면 그렇지 못한 사람은 무던히 넘어갈 수 있는 문제도 긁어 부스럼을 만들어 심각성을 키우더라.

흥분해 있을 때 이성적인 판단하는 것이 어려운데도 불구하고, 상대에게 상처를 입히지 않으면서 평상시 관계로 돌아갈 수 있게 하는 것. '공감적 지능'이라는 표현을 쓰고자 하는 이유는 다름 아닌 이러한 사소한 것에 있다.

평상심을 유지하기 어려운 만큼, 말을 예쁘게 하는 사람은 우리 주변에 잘 없다. 위와 같은 특수한 상황이 아니더라도, 표현하는 것에 미숙해서 상대를 대하는 법을 몰라서 등 여러 가지 이유에서 말이다. 그럼에도 우리는 기왕이면 말을 예쁘게 하는 사람을 만나 행복하고 싶어한다. 다정히 대해주는 사람이 곁에 있으면 헤어지기 싫어하기 마련이다.

말을 예쁘게 하는 법. 어떤 사람을 만나야 마음속 깊이 교감할 수 있고, 겉만 번지레 꾸민 것 말고 제대로 관계를 조성할 수 있을까. 살아오며 겪어오며 말을 예쁘게 사람들의 특징을 몇 가지 적어본다.

첫 번째 어쭙잖은 조언 대신 위로부터 건넬 줄 안다. 누군가 고민을 털어놓을 때 해결책만 제시하는 것이 아니라 공감 그 자체를 해주는 것이다. 이를테면 "아 그래서 힘들었구나. 그런 일이 있었구나." 같이 마음의 짐을 잠시나마

들어줄 수 있는 사람들이다. 고민을 들어줄 때 가장 중요한 건 그 사람의 비위를 맞추는 일. 현실적인 조언을 한답시고 너의 힘듦 따위 아무것도 아니다는 식의 말을 건넨다면 조언도 위로도 그 아무것도 줄 수 없을 것이다. 어설픈 조언이 아니고, 위로에서 싹이 튼 조금의 조언을 건넬 줄 아는 사람들. 말을 예쁘게 하는 사람들이다.

두 번째 제대로 된 칭찬을 한다. "잘했어. 멋지네." 같은 좋은 표현도 제대로 사용하지 않으면 오히려 역효과가 나는 경우가 있다. 영혼 없는 표정으로 말을 듣고 있다는 느낌을 주지 않을 때 듣는 사람 입장에서는 허탈한 심정으로 두 번 다시 대화를 청하지 않을 것이다. 말을 예쁘게 하는 사람의 두 번째 특징은 으레 그렇듯 관계에 진심을 다한다. 간단한 칭찬도 다듬고 꾸며서 보다 아름답고 정연하게 만든다. 그렇다고 지나치게 형식적으로 보이는 게 아니라, 말하지 않아도 칭찬거리를 만들곤 한다. 듣는 사람 입장에서 이처럼 진심에서 우러나온 칭찬이라면 누가 싫어할까.

세 번째 대체적으로 자존감이 강한 편이다. 외향적이고 내향적이다 그런 거 다 떠나서, 튼튼한 자존감을 바탕으로 상대를 대한다. 스스로를 다독일 수 있는 표현들을 마음속에 품고 살아가니, 다른 누군가에게 동시에 좋은 말을 건넬 수 있는 것이다. 대체적으로 가정환경이나 주변 사람들로부터 영향을 받는 편인 듯하다. 아무튼 결국 스스로에게 좋은 사람이, 자존감이 세상을 대하는 창문 역할을 한다. 그 밖에 자잘한 특징 또한 있을 것이다. 이를테면 배려하는 마음이 돋보이는 것. 뾰족한 말투보다 호응을 잘해주는 것. 얼마나 오랜 시간을 그 사람에게 할애하는지. 밝은 표정과 미소 긍정 화법을 구사하는 것처럼 말이다.

말을 예쁘게 하는 사람. 그런 사람을 만나면 분명 행복해질 것이다. 그렇다면 나 또한 그런 사람이 되어야 하지 않을까? 좋은 사람이 문득 나에게 왔으니 오래오래 곁에 있도록 좋은 사람이 되어주는 것이다. 연인이 되었다고 친숙하다고 소유물이 되는 것이 아니니까. 당연하다는 듯 이용하기만 하지 말고, 돌려주기 전에 제대로 사랑해주어야 할 것이다.

1. 내 이야기를 자세히 들어주고 순간순간 진심인 사람

2. 무엇이 서운했는지 알고 있을 만큼 내게 관심 있는 사람

3. 사랑받고 있다는 것을 소소한 것부터 느끼게 하는 사람

4. 사랑을 다 퍼주더라도 아깝지 않을 사랑스러운 사람

5. 별일 아닌 것으로 행복을 가져다 주는 사람

6. 말뿐이 아닌, 말을 예쁘게 해주는 사람

7. 선한 마음을 비치는 봉황의 눈을 가진 사람

나부터
행복해지는 법

꿈을 이루기 위해 무엇이든 시작하기. 늘 새롭게 나부터 사랑하기. 사랑해주기. 불필요한 약속은 가능한 한 잡지 않기. 인생에서 꼭 필요한 사람들과 함께하기. 나만의 공간을 아늑하게 꾸미기.

별거 아닌 것처럼 보여도 막상 실생활에 옮기기 어렵다. 모든 일에는 갖가지 제약이 따른다. 정말 인생은 실전이다. 늘 새롭게 나부터 사랑하기. 그보다 한발 앞서 늘 새롭게 부족한 모습이 보이더라. 불필요한 약속을 누구는 잡고 싶겠나. 자꾸 생기더라. 만나자고 성화를 부리는 지인들의 진심을 외면할 수 없다. 인생에서 꼭 필요한 사람들과 함께하기. 살아가다 보면 피하고 싶은 사람과 협력을 해야 할 때가 있더라. 나만의 공간을 아늑하게 꾸미기. 이 중에서 가장 쉬운 일이지만 미니멀하게 장식하고 만끽하는 일보다 그럴 시간에 잠을 한 시간 더 자는 게 훨씬 좋더라. 잠이야 말로 유일한 사치니까.

이렇듯 다양한 불행을 감수해야만 진정 행복할 수 있다면 그것은 올바른 행복이라 부를 수 없다. 잘 생각해보면 특정한 방법이나 별다른 노력 없이 사람들에게 방해받지 않고 행복할 수 있다. 다만 우리가 몰랐을 뿐, 아마 익숙한 것들에 지나쳐 까마득히 잊게 되었을지도 모른다.

아주 쉽고 간단한 것부터 시작하기. 세수하기 전 얼굴 보며 환히 웃어주자. 왜 그래야 하나 싶겠지만 힘이 들 때 이상하게 미소가 떠오르더라. 우울할 때에 퇴근길, 아름다운 꽃을 사보자. 보고 있어도 평정심을 찾게 될 거다. "오늘 하루도 고생했어, 말고 오늘 하루도 소중했어." 자기 전 이 한마디 하고 자자. 또는 "오늘 하루도 찬란하게 빛나고 있어. 오늘 하루도 늘 예뻤어." 어떤 말도 괜찮다. 나를 사랑스러운 존재로 만들어 주는 말이라면.

나부터 행복해지는 법. 아주 쉽고 간단한 것들로 시작하면 된다. 바로 나의 삶 구석구석 예뻐해 주는 사람이 되는 것이다.

4.

새로운 사랑을
꿈꾼다면

당신이라면 예쁜 사랑을
새롭게 시작할 수 있다

당신 참 힘들었겠다. 사랑 때문에 고생 많았다. 세상살이가 여간 어려운 일이 아니었을 텐데 그런데도 묵묵히 해내는 당신이 자랑스럽다. 매번 만남에 실패하고 넘어지고 그 사람을 잊지 못해 울적한 밤이 길었어도, 오늘을 버틴 당신이라면 내일 또한 기대해볼 수 있지 않을까 한번 생각해본다. 당신이 곧 누리게 될 어여쁜 사랑을 응원한다. "너를 꽃밭으로 데려가 줄 사람을 만나. 실제 꽃밭은 물론 너의 예쁜 얼굴에 웃음 함박꽃을 피워줄 수 있는 사람 말이야." 어디 그게 말처럼 쉽게 되겠냐고 울적해 하는 당신에게도 예쁜 말을 해주고 싶었다. 조바심 가지지 말자. 진중한 사람이라 발걸음이 느릴 뿐이다. 하지만 결국 만나게 될 사람은 만나지 않겠나. 좋은 사람은 좋은 사람을 알아보기 마련이다.

당신이라면 예쁜 사랑을 새롭게 시작할 수 있다. 이미 사랑에 대해 충분히 많은 정보와 지혜를 꿰고 있으니 말이다. 어떤 사람을 피해야 상처받지 않는지, 삶의 교훈을 다시 복습하지 않으려면 어떤 사람을 만나야 하는지 같은 것들. 그러니 당신은 이미 좋은 사람을 만날 자격이 충분한 것이다. 적어도 여태 만나온 사람의 유형만 피할 줄 알아도 웃음꽃을 틔울 조건이 갖춰질 테니까. 이를테면 따스한 햇살처럼 예쁜 다정함, 거르지 않고 물을 주듯 꾸준한 사랑, 계속해서 웃음이 지고 필 수 있도록 비옥한 토양처럼 진중한 마음. 난 이러한 사람을, 잡다한 생각이 들지 않는 사람이라 부르고 싶다. 구태여 믿음이 필요하지 않은 참 편안한 사람, 별일 아닌 것들로 행복을 가져다주는 사람 말이다.

당신은 반드시 좋은 짝을 만날 것이다. 이 세상은 아직 넓고 살아온 세월보다 살아 볼 날들이 많은 것처럼 말이다. 보다 좋은 사람이 되려는 것처럼 좋은 사람 또한 눈치 있게 만나게 되는 것이 이치 같은 것일 테니까. 기대감을 품고 살아가는 누구나 좋은 곁을 두고 살아갈 것이다. 다만 좋은 사람을 찾아 나선다는 자세가 아닌, 만나게 되면 환영할 것이라는 자세를 견지한 채 말이다.

드라마나 영화 속이 아닌 우린 현실을 살아가니까. 사소한 것들로 부지런히 행복을 줄 수 있는 사람을 만나길 바란다. 대개 그런 이는 사소한 가치들을 돌볼 줄 알면서 특별한 날엔 그에 걸맞은 감동도 전할 줄 아는 사람이다. 네 삶을 가득 채울 수 있는 사람을 만나라. 앨범에 일상을 끝까지 채울 수 있는 사람을 만나 부디 행복한 삶을 살길. 마치 영화처럼.

열에 아홉이
괜찮은 사람이면 뭐해

가장 중요한 사람은 마지막에 나타난다고 하더라. 별의별 이상한 사람들 만나가며 정말로 힘들었다. 이번에야말로 제대로인 사람인가 싶다가도 아, 저 사람이나 이 사람이나 역시나 거기서 거기였다. 주변에서 이런 사람 만나지 마라, 저런 사람은 한 번 만나 봐도 괜찮다며 이래저래 충고해주었던 게 지금에서야 괜한 오지랖이 아니었음을 깨달았다.

"아무리 그래도 사람의 단면만 보고 판단하면 쓰나. 모든 사람은 입체적으로 구성되어 있는데 조금 더 기다려볼 필요 있지 않나."

이렇게 무책임한 물음 속에 산전수전 다 겪어본 사람들은 하나같이 이렇게 생각할 것이다. "열에 아홉이 괜찮은 사람이면 뭐 해. 도저히 감당할 수 없는 하나 때문에 계속 고통받을 미래가 보이는데." 맞다. 가장 중요한 사람은 마지막에 나타난다고. 결국 우리가 만나는 사람들은 이미 많은 기대를 내려놓은, 적당한 거리에 있는 사람들이다. 이상형이라고 하기에도 어색한 것이다. 하지만 그래도 나는 사랑을 믿어 보고 싶다. '사랑 같은 건 없어요.'라는 말조차 사랑을 해본 사람이 내뱉을 수 있는 거니까.

사랑을 못 하는 게 걱정이라면, 이제는 괜찮을 것이다

부모님은 10년 이상을 만났다고 한다. 대학생 때 처음 만나서 군 복무와 장거리 연애. 숱한 위기를 거쳐 결혼까지 이어졌다고 했다. 그래서 지금의 내가 있으니 감사한 일이다. 한편으론 존경스럽다. 꿈을 이루는 것만으로 벅차서, 연애는 물론 인간관계를 현저히 줄이고 있는 나로서는 말이다. 하지만 요즘처럼 많은 걸 포기하고 살아가는 우리 세대에 실현 가능한 일일까? 이른바 삼포 세대. 교과서로만 접했던 말인데 대학교를 졸업하고 밥벌이를 위해 아등바등 살아가다 보니 정말 하나둘 내려놓아야 하나 싶다. 어떻게 보면 지금 매너리즘 상태일지 모른다. 연애를 하기에 이미 영혼이 많이 빠져나갔다.

2019년부터 꾸준히 유행하는 단어가 있다. '플렉스 (Flex)' 젊은 사람들 사이에서는 단순히 돈 자랑을 한다는 뜻도 있지만, 현재 나 자신의 행복을 우선시 여기고 적극적으로 내 행복을 소비해보겠다는 의미로도 해석할 수 있다. IMF 외환 위기, 미국발 금융 위기. 그로 인해 온 나라가 들썩였던 기억들. 세상의 풍파를 직접 살갗으로 맞아온 사람은 부모님이지만, 그 모습을 보고 자란 나 또한 느끼는 점이 몇 가지 있다. 자식 혹은 연인. 어떤 사랑이든 깊은 책임과 희생을 요구하는 건 매한가지야. 그러니 나 스스로 여유가 생기고, 만족할 만큼 즐겼을 때 비로소 시작하겠어. 어떤 사랑이든. 우선 나 자신만을 사랑하고 싶은 상태인 것이다. 마음과 몸이 편안해지는 건 어째 다행인 일인데, 고요함에서 무엇인가 엄습할 것만 같은 기분은 무엇일까.

생각은 잠시 접어 둔 채 고향으로 내려가 부모님을 뵈었다. 부모님의 이야기를 들으며, 내 오른손에 있는 집게로 고기를 뒤집었다. 누가 시키지도 않아도 자연스럽게 하게 되는 일이다. 이런 걸 책임감이라고 하는 것일까. 누가 시키지도 않았는데 본능처럼 체득해 나가는 거라면 사랑도 어쩌면 마찬가지 아닐까. 그런 생각을 했다. 플렉스(Flex)다 욜로(YOLO)다 그러지만, 현시대에 맞는 사랑 법을 우리 또한 체득해 나가고 있는 게 아닐까. 비록 사랑법이 그 시절과 거리를 좀 둔 지 오래지만 말이다. 그렇다면 전혀 걱정할 필요 없을 것만 같았다. 우선 마음의 중심을 갖고 내 할 일을 하겠다. 오랜 시간 못 하게 되어도 괜찮을 것 같다는 생각도 들었다. 그런데도 계속해서 사랑을 꿈꾼다면.

마음부터 열려고 하지 말고
사람부터 만나고 보자

혼자 있는 것을 무척 좋아하지만, 누군가 옆에서 꼼지락 대는 것도 한편으론 정말 좋아해. 그리고 지갑 정리는 귀찮아서 잘하지 않는 편이야. 오늘은 두툼해진 지갑이 보기 흉해 보여서 정리라는 걸 해봤어. 왜 자꾸 넣어 다니는지 영문 모를 영수증 뭉텅이, 방문할 때마다 새로 발급받는 동일 장소 커피숍 쿠폰 등. 많이도 넣어 놨네. 정작 제일 중요한 존재는 까마득히 잊어버린 채 말이야. 지갑 안주머니에서 전 여자친구가 쓴 것으로 추정되는 메모지를 발견했어. 데이트 중에 급히 처리해야 할 일이 있어 노트북으로 바삐 타자를 친 적 있는데, 아마 그때 나 모르게 적어 둔 것 같더라. 왜 그녀는 이 사실을 알리지도 않고 이리도 예쁜 문장을 어두컴컴한 섬에 묻어두었을까. 아니 주인이라는 작자조차 관심을 두지 않는 곳이니, 공감의 영역이라고 생각해 메시지를 남긴 거였나. 함께 있어도 매번 외로웠다고. 사랑받고 싶다 말하고 싶어도 그럴 기회조차 없어 말하는 데 애를 먹었다며, 시위라도 한 거였나. 아무쪼록 그 사람에게 무심한 사람이 아니길 바랐는데 돌아보니 한겨울 철없는 사랑. 나는 그것도 못 되는 아이였어. 그 사람에게 너무 미안해.

그래서인가 봐. 그 사람과 헤어진 후로 한동안 사람을 잘 못 만나게 됐어. 죄책감이 마음에 남았더라고. 결국 누군가에게 매번 과도한 친절을 베풀거나 이기적인 사람이 될 수밖에 없었지. 내 한 몸 겨우 보존해보겠다고 몸부림쳐야만 세상을 살았다 느껴지는 이 여전한 세상은. 그렇게 모든 이를 각자의 방으로 가두어 방해금지 모드를 걸곤 했으니 말이야. 그런데 요즘 내게 특정 시간마다 전화를 걸어주는 친구가 한 명 생겼어. 받기 귀찮아서 머뭇거릴 때가 대부분이지만 이내 생각은 뒤로 한 채 "어, 그래. 잘 들어가고 있어?" 안부를 물어봐 주곤 해. 그러면 이상하게 그 친구도 이렇게 대답해준다? "응, 어디야. 밥은 먹었어?" 나야 뭐 삼시 세끼 너무 잘 챙겨 먹어서 기왕이면 "오늘은 좀 잤어?" 이런 식으로 물어 봐주는 게 더 와 닿을지 모르지만 어쨌든.

주목할 만한 사실은 저녁 6시에서 7시 사이 그 친구의 연락을 기다리는 나로 변했다는 사실이야. 안 오면 괜히 서운할 것 같아서 이번에는 내가 먼저 걸어보려고. "밖에 비 오던데 우산 챙겼어? 아직 지하철 안이면 마중 나갈까?"

그 후로 나는 깨달았어. 이렇듯 새로운 사람을 만나야 마음을 여는 법도 알 수 있구나. 마음부터 열려고 하니 타이밍만 계속 놓치게 되는 것 같아. 별일 없으니 밖에 나가지 말자는 생각이 머릿속을 지배하는 것과 비슷한 이치지. 나가야지, 나가야지 생각은 하는데. 막상 나가려고 하면 떠오르는 것이 '밖을 나서기 전 해야 될 일 점검하기.' 이런 것들이라서 결국 나가지 못 하고 해는 또 지지. 복잡한 사랑 공식도 결국 사람이 만든 거야. 맘에 담아둔 말 때문에, 옛 사람과의 끝맺음이 만족스럽지 않으니까. 왜 자꾸 사랑에 조건을 달려고 하는 걸까. 지금이라도 언제든 할 수 있는데. 처음처럼은 아니어도 처지에 맞게 다시 시작할 수 있는 문제인 거야. 어찌 되었든 우리 열심히 아파 봤잖아. 언제 다시 올지 모르는 이 소중한 인연을 두고 부디 저울질하지 말자. 그만큼 맘고생 했으면 이제는 좋은 사람 만나서 행복하게 잘 살 자격 있다고 봐. 우리 이제부터 행복하기로 해.

열심히 아파 본 당신이기에 더 예쁜 사랑이 펼쳐지길. 오지 않은 답장에 힘겹겠지만 또 다른 사랑을 만날 채비도

해야 할 테니까. 아낌없이 퍼주면서 사랑의 밑천까지 잃지 않길. 그것은 나조차 사랑하지 않는 결과를 초래할 테니까. 아픔에 익숙해지지 말고, 새로운 사랑 속에 좋은 사람의 의미를 찾아갔으면 좋겠다. 진짜 짝을 만나게 되는 것이 아니라, 짝을 만나 '진짜' 의미를 채워가는 방식도 고민해보길. 이렇게도 저렇게도 사랑해 보면서 성장하기도 하니까.

사랑하기 전 고려 사항

심적인 여유와 경제적 여유는 괜찮은 사람인가. 나와 대화가 통하는 사람인가. 동네 친구처럼 퇴근하고 잘 만날 수 있는가. 심성이 바르고 책임감을 가진 사람인가. 욕도 잘 안 하고 마냥 어리지 않은 사람인가. 운동은 좋아하는가. 식성과 식사량은 비슷한가. 열등감이 자신감을 앞서지 않는 사람인가. 사랑하기 전 고려해야 할 여러 사항들.

인류애가 박살 나는 요즘 같은 때, 정작 중요한 문제를 간과하고 있었다. 이 사람이 지금 일반인 흉내를 내고 있는 건 아닐지. 속으론 음흉한 사고를 하고 있으면서 아닌 척 살아가는 건 아닐지. 하지만 맨눈으로 봐선 알 수 없는 게 현실이다. 참 속상한 일이지만 어쩔 수 없다. 사회적인 지위가 그 사람을 만든다고, 두꺼운 외투 속에 본성은 온전히 보존되곤 했으니까. 사람은 변하지 않는다고 한다. 관계를 지속할수록 언젠가 벗겨질 가면인 것이다. 나중 가서 걸러도 늦지 않다고 하지만 걱정이 된다. 그간 쌓아온 신뢰를 무기로 나를 깎아내리는 데 사용할지도 모를 일이다.

곤란한 처지에 놓이지 않으려면 사람을 분별해내는 능력 정도는 갖추고 있어야 한다. 그러려면 앞으로 어떤 사람을 만나야겠다고 하는 저마다의 기준을 확립하고 있어야만 한다.

사랑은 그 사람이 되어보는 것

설득력 있는 마음으로 대접하는 일. 좋아하는 사람에게 내 마음을 보여주기 전에 한 번쯤 그 사람으로 살아 봐야 한다. 가볍지만 진중한 자세로 그 사람을 알아가야 한다. 사랑하기 전에 진정으로 고민해보는 것이 좋을 것이다. 그 사람이 나를 만나 좋아할 점이 또 무엇이 있을까. 나를 만나 과연 행복해할 수 있을까. 그런 점에 대해 진정성 있게 다가간다면 향후 얼마 동안은 이로울 거라고 조언해 주고 싶다. 그러니까 그 사람으로 살아보라는 의미는 말이다. 상대방의 마음을 24시간 고민하고 애처롭게 생각해 보라는 뜻이다. 아무리 따져 봐도 이 사람과는 교점을 찾을 수 없겠다 여겨지는 순간까지 가슴이 타들어 가는 마음으로 들여다 보아라. 안 하고 후회하는 것보다 무엇이든 저지르고 후회하는 편이 낫다. 적어도 '그 사람과 잘 되었으면 어땠을까?' 생각 따위는 하지 않게 될 테니 말이다.

사랑의 시작은 초대받은 손님의 입장처럼 한껏 예의를 차리는 일이다. 개인의 가치관이나 희망 사항을 억지로 요구해서도 안 되고, 수용적인 태도로 먼저 그 사람의 몽타주를 그려야만 한다. 말 한마디 한 구절의 음성도 빠짐없이 메모하는 경청. 기쁨과 노여움 슬픔과 즐거움을 유대감 있게 받아낼 수 있을 때 마음을 움직일 수 있다. 감동을 전할 수 있다. 일회적인 만남에서 그칠 것이 아니라 쌍방향으로 오가는 자연스러운 사랑이 될 수 있다.

이제 내 사람이 되었다면 안주하지 말고, 새로운 세계를 열어간다는 마음으로 최선을 다하자. 그 사람을 우선순위에 드는 것. 어쩌면 당연한 말일지도 모르겠다.

사람 마음이라는 게 참 신기하다. 세월이 흐르면 흐를수록 익숙해질 법도 한데, 요지부동의 1등만을 갈구하니까. 기왕이면 기분 좋은 답변으로 확인하고 싶어 한다. 지금도 변함없이 진심을 유지하고 있는지. 한쪽으로 치우친 외사랑이된 것은 아닌지. 빈틈을 외로움으로 채우고 있는 건 아닐지에 관해서 말이다. "답정녀처럼 왜 그래?" "사랑하지 않으면 너를 만나고 있겠어?"처럼 감성 대신 이해의 오답을 적지 말고, 그렇게 생각하도록 방치해서 미안하다는 말로 초심을 다져보자. 죽고 못 사는 관계라면 더욱이 사랑에 관해 잣대를 대어보고 한편으론 순진무구한 표정의 꼬마처럼 철모를 질문을 하기 마련이다. 하지만 애석하게도 사랑은 나이를 먹지 않으니까. 무한한 애정을 쏟아 주어야 한다. 변함없는 마음을 유한한 시간 속에서 알려 주어야 한다.

여자는 사소한 것에서부터 사랑받고 있음을 느낀다

게임을 하고 있었어. 울리는 전화벨 소리에 하던 게임을 멈췄지. 그 세계 속 주인공은 분명 죽음을 맞이했을 거야. 하지만 그보다 더 중요한 사람이 나를 찾고 있다는 생각이 들었을 때, 나는 너를 편애하고 있었지. 다음에 만나면 이 것도 우리의 사랑이라 표현해보자. 어느 시절에 나는 이토록 한 사람을 편애했으며, 앞으로도 그러한 사실은 변함없을 거라며 말이야. 팩을 해야 하는데 잠이 쏟아진다는 너의 음성을 들었어. 이내 안정된 목소리로 이렇게 말해주었지. "20분 뒤에 깨워 줄게. 통화 끊지 말고 있어."

여자는 정말 사소한 것에서부터 사랑받고 있음을 느낀다. 아침마다 전화로 "잘 잤어?" 매일 안부를 물어봐 주는 것. 자기 전에 "잘 자 보고 싶을 거야" 말해줄 수 있는 것. 별거 아닌 것처럼 보이지만 한결같이 할 수 있는 것은 아니기에 감동의 여운이 남는다. 그렇게 사랑받는 사람은 매번 새로이 사랑에 빠져든다. 한 걸음 나아가 오늘 있었던 일, 고마움을 그 사람에게 표현할 수 있다면, 당신은 이미 누군가에게 다정한 사람일 것이다.

하지만 만남이 지속되면 될수록 대개 그러한 마음이 퇴색되기 일쑤다. 특히 오래된 만남일수록 익숙함에 취약하다. 내가 이만큼 해주었는데 조금 무심해도 이해해주겠지? 어처구니없는 착각을 한다. 하긴, 늘 애인이 우선순위가 될 수는 없으니까. 소홀해진 관계, 학업, 일도 제자리로 돌려놔야 할 것이고, 개인 시간을 조금이나마 만끽하고 싶어 할수 있다. 이해는 가지만 그럴 거면 시작부터 적당히 잘해주는 것이 낫지 않을까. 온갖 기대를 형성해 놓고 상실감을 안겨 주는 일만큼 잔인한 일은 없기 때문이다. 불타는 사랑도 좋지만, 한결같은 사랑이 장기적으로 이로울 수 있다. 처음과 달라진 태도에 서운함을 주기 보다, 각자의 삶을 존중하며 그 사람에게 편안함을 주어야 한다.

연애는 일순간의 설렘에 의해 잠시 모습을 바꾸는 것이 아니라, 나를 이렇게 바꿔준 그 사람에게 내 시간을 기꺼이 내어 주는 일이다. 일을 할 때에도 짬을 내어 연락할 준비가 되었을 때 은은하게 오래도록 행복할 수 있다. 사랑의 기준을 그 사람에게 맞추든 나에게 맞추든, 변하지 말고 휘둘리지 않고 헷갈려 해서는 안 된다. 사랑하면 아끼지 말고 밤낮으로 사랑해라. 순수한 마음으로 꾸밈없이 사랑해라. 서로에게 영양가 있는 사랑을 하자. 재지 않고 줏대 있는 마음으로 전진한다면 어떻게 하든 사랑할 수 있다.

● 　자존감 낮은 연애

　자존감이 연애에 미치는 영향은 실로 크다. 그 차이는 만남에서 이별, 연락하는 사소한 모습에서조차 확연히 드러난다.

　물론 연애라고 하는 것이 처음부터 공정하지 않다. 어떻게 하든 둘 중 한 명은 감정선에서 우위를 차지하게 된다. 소위 연애에서 '갑과 을'이 생기는 과정이다. 하지만 그건 일시적인 상황일 뿐. 누가 덜 아쉬운 위치에 서느냐 별로 중요하지 않다. 밀고 당기기를 통해 언제든 대결을 요청할 수 있는 게 바로 사랑이니 말이다. 줄다리기가 협동심을 기르는 데 좋은 경기이듯, 사랑에서 줄다리기 또한 서로 간에 애정을 확인하고 돈독해지는 계기로도 삼을 수 있다.

　하물며 누가 갑이 되었든 무엇이 중요한가. 믿기 어려운 역설을 순순히 드러내 보면, 더 많이 사랑하고 덜 아쉬운 쪽이야말로 진정한 갑이라 한다. 사람을 당기는 매력이나 입담 좋은 사람이 대부분 갑에 속하는 것 같지만, 어느 경우에서는 그렇지 않을 수 있다. 갑을 사이를 지정하는 것은 그래서 순서와 규칙에 얽매이지 않고 행동양식에 있어 자유롭다.

그렇다면 우린 왜 자존감 낮은 사람을 만나길 기피하고 그들과는 형평성 맞게 사랑할 수 없다고 생각하는 것일까? 감정선에서 우위를 차지하기 위해 때로 무리한 감정소모를 할 때가 있다. 그럴 때 평소 내재되어 있는 자존감이 이를 회복시켜주고 평상심을 지니도록 도와준다. 우리에게 자존감은 관계의 균열을 막아주는 윤활제 혹은 감정이 너무 가열되지 않도록 교체시키는 엔진오일 같은 것이다.

하지만 감정 효율이 높지 못한 사람들에게 이는 결코 쉬운 일이 아니다. 연락의 측면에서 자존감이 부족한 사람은 주고받는 것에 상당히 애를 쓰곤 한다. 개인적인 일 때문에 연락이 안 될 때 그 사람은 정말 아무렇지 않은데 필요 이상으로 미안한 감정을 가진다. 사소한 말다툼에 있어 그 사람의 달라진 말투 어조 답장 오는 속도에 민감한 반응을 보인다. 때로 혼자만의 시간을 갖는 것도 좋은 방법이 될 수 있는데 말이다. 연애에서 을을 자청하는 이들에겐 온갖 번 뇌 해탈의 과정에 지나지 않는다.

사랑을 하면서 발견한 한가지 특징은 불안한 감정은 상대방에게도 전해진다는 것이다. 자존감이 낮은 사람과 연애를 하고 달라진 호감도, 매력이 확연히 차이를 보이는 것은 어쩌면 당연한 현상일 수 있다. 우리는 사랑을 통해 많은 것을 배우고 치유한다. 너욱 난난한 자존감으로 부장할 수 있고 자신을 더욱 사랑할 수 있게 한다. 이 세상 단 하나의 편으로 어려운 세상 속 의지를 할 수 있게 한다. 하지만 불안감뿐인 연애는 사랑으로 다가오기 전에 부담감에서 끝나버리니 유지할 필요성을 잃는 것이다. "그 사람이 좋아하는 면만 보여주자. 내가 좋아하는 것 따위 그 사람을 위해서라면…." 진심이 아닌 저자세의 태도만 취하다 보니 소득 없는 연애가 되는 것이다. 둘 모두에게 말이다.

연애는 참 어렵다. 자존감은 겉으로 드러나는 것이 아니며, 만나는 도중 특정한 사건에서 유독 약한 자존감을 보이는 경우도 더러 있기 때문에 말이다. 일각에선 연애는 하면 할수록 어렵다는 표현을 쓰기도 한다. 그럼에도 우주적 불가항력에 이끌려 사람들은 주기적으로 사랑에 빠진다. 일련의 사태를 방지하면서 깊은 사랑을 하려면 어떤 마음을 견지해야 하는 걸까? 무탈하면서 오래도록 '롱런'하려면 어떤 사람을 만나야 할까?

첫번째, 자신을 드러내는 연애를 해라. 그 사람이 무엇을 싫어하는지 최소한의 사실만 염두에 둔 채, 보통의 존재로 사랑해줄 마음 자체를 보여주는 것이다. 이는 자신을 존중하는 감정이 아닌 자신감을 표출하는 일이다. 상대방에게 나의 기준을 전달하다 보면 최소한 충동적으로 휩쓸리는 위험을 방지할 수 있다. 신뢰감을 주는 것과 동시에 진솔한 대화의 초단을 마련할 수 있을 것이다.

두번째, 대화가 통하는 사람을 만나라. 대접만 받으려는 사람 말고 서로가 제시한 기준들을 알맞게 조율할 수 있는 사람을 만나야 한다. 대화를 단순히 수단으로 삼고 정서적으로 물질적으로 갈취하는 행위는 낮은 자존감을 더욱 낮게 만든다. 일방적으로 관심과 애정을 요구하는 만남을 할 바에 본연의 삶으로 돌아가는 것이 낫다. 무조건 한 사람에게 맞춰주지 말자. 잘못된 방법으로 우위를 차지하려는 사람에게 익숙해지지 말자.

세번째, 스스로와 친해지는 연습을 해라. 스스럼없이 나 자신을 사랑할 줄 아는 사람은 솔직히 말해서 없다. 자신을 사랑하는 척하며 자신감으로 이를 증명하는 이만 있을 뿐이다. 여러모로 미생이라 볼 수 있다. 눈을 감는 순간까지 "괜찮아 사랑이야." 문장을 담아둘지 모르는 일이다. 이러한 사실을 감내하고 있어야 한다. 나아가 보통의 존재의 나에게 인사를 건네고, 나만의 기준을 찾아야 한다. 친해지는 연습, 다른 말로 솔직해지는 연습을 하자.

결론적으로 니에게 맞는 사람을 만나사는 뜻이다. 어떤 모습 어떤 처지에 놓이든 함께 있는 것만으로 행복해지는 사람. 보통의 존재로 나를 있는 그대로 사랑해줄 수 있는 사람. 아름다우나 아픈 사랑은 아니고, 편안하지만 늘 새로운 사람을 만나면 극복할 수 있을 것이다.

이별 후,
내가 되찾아야 할 것들

1. 무너진 자존감 회복

스스로를 비관적으로 보는 시선을 버려야 한다. 헤어질 수밖에 없는 상황을 그만 떠올리고, 후회와 미안함은 내려놓을 줄 알아야 한다. 그쯤 했으면 충분히 반성했고 상대에 대한 예의를 차렸다. 좋아하는 것도 아니고 '좋아했던 상대'에 대한 마음이 커지면 불안의 실체가 된다. 우선 과제는 자존감 회복. 관계를 정리하듯 불필요한 감정들을 청산해 나가는 실행력이다. 자존감, 다시 쌓으면 된다. 나로서 채워 나가자.

2. 있는 그대로 살아가는 것

헤어짐의 이유를 나에게서 찾다 보면 자책하는 과정에서 뜻밖에 결심을 하게 된다. 그것은 바로 '좋은 사람 역할에 매진하는 것'. 괜찮은 부분마저 괜찮지 않다 여기면서,

괜찮은 척하는 이미지를 만들어 낸다. 그렇게 포장된 이미지 속에서 안정감을 느끼며, 본연의 모습이 조금이라도 표출될 때 불안감을 느낀다. 새로운 사람이 나타나더라도 그 만남은 오래 가지 못할 것이다. 관계를 오래 유지해도 깊어질 수 없으니까.

3. 마음의 여유

평상심을 유지하는데 집중할 차례다. 하루의 시간을 알차게 쓰는 것. 일과 시간에는 열심히 할 일 하고 잡생각이 들지 않도록 저녁엔 운동을 하는 것. 외로움에 급습당하지 않기 위해 사람을 만나는 것. 제일 중요한 건, 새벽이 오기 전에 일찍 잠을 청하는 것이다. 잡생각에 잠기지 않기 위해서 일련의 행동을 하는 것이다. 평상심을 유지하기가, 실은 별거 없다. 저절로 마음의 여유가 생기고 "괜찮아졌다." 말할 수 있을 것.

4. 주변 사람들과 소원해진 관계

연애를 하면서 소원해진 이들과의 만남을 주선해야 한다. 끈끈한 관계라면 자연스럽게 멀어졌다 서서히 가까워질 것이지만 말이다. 남을 사람이라면 남는다는 생각 아래 자만심을 가지면 안 될 것이다. 관계의 탄력성을 잃지 않도록 여러 가지 방법으로 힘써야 한다. 나를 위해서, 앞날을 위해서, 그들을 위해서 다시금 돈독해질 계기를 마련하자.

5. 올바른 마음가짐

"사랑을 새로 시작하더라도 얼마든지 좋은 사랑을 할 수 있다." 같은 마음가짐을 보존해야 한다. 이 사람 만날 때 부족한 부분을 새로운 사랑에 보완할 수 있다. 반면에 옛사랑에 들었던 상처가 되는 말. "연락 좀 자주 해줘." 같은 말을 모든 사람에게 적용해야 한다 생각할 필요 없다. 연락이 좀 드문드문해도 믿음을 주는 사람도 있으니 말이다. 옛사랑에게 깨우친 것을 곧이곧대로 적용하려는 태도보다 유연한 마음을 가지자.

그런 사람 만나요

세상에 매력적인 사람은 많다. 그래서 썸을 타는 시기에 설레지 않을 사람은 거의 없을 거다. 하지만 알고 지내면서 생각한 것보다 별로인 사람이나, 여러 가지 문제들로 너를 심각하게 만들 사람은 계속해서 생겨날 것이다. 정을 주는 일이란 어른으로서 책임을 지는 일과 묘하게 다른 일이다. 한편으론 책임지는 일과 유사하게 사람을 괴롭히곤 한다. 그러니 사람을 만나는 일은 반드시 신중해야 한다.

예를 들면 추구하는 것이 같은 사람. 공감해주고 비위를 맞추는 행위도 어느 정도 장단이 맞는 사람이어야만 가능한 일이다. 중장기적인 계획을 세우고 그것들을 실현해 나가는 사람. 단순히 미래 지향적이라서가 아니라, 연애의 관점에서 봤을 때에도 이들의 특성이 빛을 발하기 때문이다. 이를테면 기반부터 탄탄히 쌓아 올라가는 이 호감이라는 것을 단순히 즐기기 위해 하는 게임이라 생각하지 않는다. 흥미가 없어졌다고 새로운 사람을 만나는 사람과 비교했을 때 이 얼마나 훌륭한 강점일까. 마지막으로 자신이 완벽하지 않다는 걸 누구보다 잘 알고 있는 사람을 만나자. 완벽하지 않기에 사려 깊은 행동이 나오고, 완벽하지 않아서 내 옆에 있는 사람과 서로 의지해가며 선한 방향으로 계속 성장할 수 있다.

사랑,
마음과 표현의 관계

사랑은 마음이면서 표현이기도 하다. 마음을 꺼내서 보여줄 수 없으니 표현이 필요한 것이다. 마음과 표현은 사랑하는 동안 항상 동행해야 한다. 이렇게 말하면 사랑하는 사람의 올바른 자세에 관해 말하는 것 같으니, 기왕이면 다르면서도 구체적으로 예를 들자면.

'나는 너의 화장한 모습도 좋지만 뽀얀 민낯도 좋아. 뭘 자꾸 잃어버리고 덜렁거리는 모습도 실은 너무 귀여워서 마음속으로 웃고 있어. 야식 먹다 입에 뭘 묻히는 너를 보면 챙겨주고 싶어 안달이 났어.'

사랑에 빠진 사람의 눈동자에서는 정말 하트가 나온다. 그래서 사랑에 빠진 사람의 눈을 보고 있으면 오묘한 감정을 느낀다. 이 기분을 무어라 표현하면 좋을까. 바쁨과 여유,

행복과 불행. 이 모든 것이 열을 맞춰 흘러나온다고 할까. 아무런 조치를 취하지 않으면 그 동심원에 도저히 헤어 나오지 못할 정도다. 일부 사람들은 도저히 융합되지 않은 이 감정들을 끊임없이 휘젓고 있다. 그래야만 달콤함이 완성된다나 뭐라나. 마치 400번을 저어야만 완성된다는 달고나 커피처럼 "내가 이 짓을 왜 하고 있는 거야?" 하다가도 완성된 사랑 앞에 넋을 잃게 된다고 한다.

대개 사랑에 빠진 사람은 그런 행동을 한다. 일절 관심 없던 가수의 음악에 심취하게 되고, 입으로만 부를 게 아니라 온몸으로 멜로디를 뿜어낸다. 본인만 그 사실을 모르고 대체로 친한 누군가 귀띔해주어 알게 되는 사실이다. 하물며 노래뿐만 아니라 음식 취향, 옷 입는 스타일, 생김새까지 닮아간다. 알 수 없는 힘에 의해서 그 사람의 세계로 유입되는 것처럼 말이다. 그러니까 대개 사랑에 빠진 사람은 그 사람처럼 행동을 한다. 이외에도 사랑에 빠지게 되면, 그 사람에 의해서 자존감이 쑥쑥 올라가거나. 긍정적인 사람처럼 살아간다거나. 매번 좋은 말만 해주고 싶어진다. 사랑. 사랑에 대해서 쓰고 있으면 한도 끝도 없다. 누군가가 자꾸 생각나 눈시울만 붉어질 뿐이다.

봄 때문에 하는
예쁜 상상

예쁜 사람아. 그때는 꽤 추웠던 것 같은데 어느새 해도
바뀌었고, 날씨도 풀려서는 꽃을 들고 밖에 나갈 정도는 된
것 같아. 왠지 나는 다가올 봄이 기대돼. 봄은 누구에게나
설레는 계절이라 그런 것뿐이니, 요란 떨지 말라고? 아니
꼭 그래서 그런 것만은 아니고.

지금도 이렇게 가슴 콩닥거리는데 만개한 꽃들 사이로
놓인 너라는 꽃은 얼마나 예쁜 모습일까. 더 이상 말하면
입만 아플 것 같아 주접대는 걸로 그치는 거야. 형상이며
음성이며 향내, 심지어 멀리 떨어져 있을 때는 상상의 영
역까지 차지한 너는 행복을 아주 빼닮았어. 잠깐, 행복이
너를 닮은 걸까. 이런 고민을 할 때마다 지나가는 사람들
의 생각을 읽을 수 있었으면 좋겠단 생각을 해. 새싹을 틔
우기 직전 앙증맞음을 잔뜩 뽐내는 너의 손을 잡고 거리를

거닐면, 그것으로 사람들은 빵싯 웃다 지나갈 게 자명한 사실이니까.

겨우내 심히 추웠는데 봄이 왔음을 알리는 신호 같다며 누척지근한 외투를 벗을 게 뻔하니까 말이야. 그러니 행복해지자. 가득 행복해지자. 시작부터 거창한 계획 말고. 그저 행복만 하자. 남은 행복은 다달이 채우며 즐겁게 살자. 지금을 사는 거야. 지금, 이 순간을.

나답게 사는 일에 또 한 번 실패했습니다

어느 영상을 보다가 생각난 문장을 적습니다.

'나 한 몸 건사하기 힘든 요즘이라 소모적인 만남은 하기 싫다. 사람 간에 충돌과 갈등은 불가피할지언정, 타협점을 찾아낼 수 있는 사람과 상생을 꿈꾸고 있다. 현실성 없는 꿈이라고 해도 상관없다. 어떤 사람을 만나든 나의 행복을 지켜주는 사람을 만날 테니까. 다정함 속에서 냉정함. 진정한 힐링은 사람을 만나지 않는 것이다. 몸이 아니라 마음이 지쳤을 때는 마음이 쉬어 갈 수 있도록 대단히 은밀하게 지내는 것이 좋다.'

오랜만에 고향 포항에 내려왔습니다. 이곳에는 소싯적

제가 사랑했던 사람들이 살고 있습니다. 요즘에는 그들보다 저 자신을 더 많이 사랑하고 있습니다. 아니 사랑하려고 애쓰고 있습니다. 구태여 필요하지 않은 약속을 잡지 않습니다. 사랑에 대한 정의를 재정립하려는 요즘. 그러니까 제가 이 먼 아래 지방까지 온 이유는 그들을 만나기 위해서가 아니라, 단지 고향 파도 소리가 그리워져서일 겁니다. 그 사람들이 그리워져서가 아니라 그때 그 사람과의 기억이 그리워서라고 말하고 싶습니다. 이것은 소싯적 제가 사랑했던 사람에 대한 최소한의 예의입니다.

80년대 일본 시티팝을 연속으로 듣다 보면 동대구역에 도착했음을 알리는 방송도 듣게 됩니다. "이제 대구 지났어요. 곧 도착이에요." 부모님에게 카톡을 보냅니다. 문득 채팅 목록을 내리다 답장을 미룬 고향 친구들과의 연락처를 보게 됩니다. '포항이라고 말할까 말까.' 일단 조금 미루기로 합니다. 이만 좀 쉬고 싶으니까요. 곧 퇴근이니 만나자 언제 놀자 할 게 분명하니 말입니다. 그렇게 생각해 놓고는 '제일 친한 친구 우현이 정도는 말해도 괜찮겠지.' 방금 내린 결정을 번복합니다. 한두 번도 아니고, 이러지도 저러지도 못하는 나 자신이 이젠 한심스러워지려고 합니다.

내면적인 성찰과 반성으로 끊임없이 마음을 닦아보아도 흠이 비치는 건 어쩔 수 없는 일입니다. 어디 책 한 권과 일정 기간 마음수련이 일생을 바꿔 놓을 수는 없는 일이니 말입니다. 〈관계를 정리하는 중입니다〉 작심삼일처럼 시시때때로 이 문장을 붙잡아보려고 합니다. 실천과 실천을 거듭 이어가보면 어쩌면 나다움이 완성될지도 모르겠다는 생각에서 다시 출발합니다. 나답게 산다는 건 완성 없이 현재와 또 다른 현재를 계속 마주하는 일이라고 오늘은 그렇게 생각하니 말입니다.

그런 의미에서 새로 다진 마음가짐을 상기시켜봅니다.

무례한 사람들에게 친절한 사람이 되어야 할 때. 아는 사람은 많아도 채울 수 없는 공허가 나를 외롭게 할 때. 나를 제대로 알지 못하는 사람의 말 때문에 자존감이 바닥칠 때. 알면서도 그럭저럭 지내는 게 일상이 되었습니다. 사람들은 그런 나를 '착하다' '부지런하다' '이해심 있다' 같은 좋은 말로 한껏 포장합니다. 정작 이 말이 누구를 위해서 존재하는지 이제는 압니다. 안 되겠습니다. 나도 이제 좀, 나답게 살아야겠습니다. 완벽하게 일하고 나 혼자 고장 나지 말아야겠습니다. 관계를 이어가야 한다는 강박에서 좀 벗어나야겠습니다. 타인을 위해 살아가기에 내 인생이 너무 불쌍합니다.

　집에 돌아가기 전, 밤 바닷가를 좀 걸어야겠습니다. 걷다 보면 생각도 사람도 좀 잠잠해지더라고요.

관계를 정리하는 중입니다

1판 1쇄 발행	2020년 05월 31일
1판 5쇄 발행	2020년 10월 13일
2판 1쇄 발행	2020년 11월 27일
2판 4쇄 발행	2021년 04월 13일
3판 1쇄 발행	2021년 06월 30일
3판 10쇄 발행	2025년 01월 15일

지 은 이 이 평

발 행 인 정영욱
기획편집 정해나
디 자 인 정해나 차유진

펴낸곳 (주)부크럼
전 화 070-5138-9971~3 (도서기획제작팀)
홈페이지 www.bookrum.co.kr
이메일 editor@bookrum.co.kr
인스타그램 @bookrum.official
블로그 blog.naver.com/s2mfairy
포스트 post.naver.com/s2mfairy

ⓒ 이평, 2020
ISBN 979-11-6214-332-2(03800)

- 파본은 구입하신 서점에서 교환해드립니다.
- 이 책은 주식회사 부크럼과 저작권자와의 계약에 따라 발행한 것이므로 본사의 서면 허락 없이는 어떠한 형태나 수단으로도 이 책의 내용을 이용하지 못합니다.
- 오탈자 및 잘못 표기된 부분은 위 이메일 주소로 보내주시면 감사하겠습니다.